みじかーい
大人も童話

相羽笑生

文芸社

はじめに

戦後一貫して成長し続けた社会も、一九八〇年代後半から低迷に転じ、一部の業界を除き未だに出口の見えない中で喘いでいます。そしてまた不思議なもので、好景気の時よりも不況時に大きな天災や事件が起きているのも歴史的事実です。因果関係の有無は分かりませんが、経済活動も自然界の営みの一つとするならば、何せ混迷に満ちた世の中、如何なる不測の事態も否定できません。

私たちは今、加速度的に進む変革と不安定の極限の中で生きています。自らと社会をもう一度見直す意味でも、童心に帰って童話的な視点で世の中を見つめる必要があるのではないでしょうか。原点に戻ることで、「これからどうなるのか」「どうすれば良いのか」が少しだけ見えてくると思います。

豊かさは物質のみで計れるものではありません。誰もが安心して住める「心の豊かな社会」になって欲しいものです。

目次

小さな宇宙の大きなお話

今からずっとずっと先の事、一人の優秀な科学者がいました。科学者は自分の皮膚の一部を少しだけ取り、それを顕微鏡で覗いていました。薄汚れた皮膚からは、すぐに細胞が現れ、分子、原子、中性子と拡大していくと、これまで未発見の素粒子が見えてきました。

興味津々の科学者はここで考えました。「この先はどうなっているのだろうか」と。そして更に拡大し続けると、奥深い真っ暗闇の中に、何やら一粒の灯りらしき物が見えるではありませんか。科学者は夢中になり、拡大に拡大を重ねました。するとそこには、幽玄的でそれはそれは美しい大宇宙の広がりが有りました。まだまだ拡大すると、銀河系そっくりのまばゆいばかりの星の世界が、そして次には太陽系のような十個の星が、その中に海に覆われた懐かしささえ覚える青い惑星が現れました。最早、もう興味を止める事はできません。この青い惑星を恐る恐る拡大していくと、何と「人影らしき物」が迫って来たのです。科学者は腰を抜かしてしまいました。

そうです、そこには顕微鏡を覗く科学者の後ろ姿が映っていたのです。

生きること・とは

「福祉の最も進んだ北欧で自殺者がなぜ多いのか」これは一昔前に語られた疑問である。実数は決して多くはないのだが、福祉の進んだ割りには、と言うことだろう。

昨今の日本は自殺者が異常に多い。それも急増である。今では、がん、心臓病、脳卒中を急追らしい。不況、リストラ、病苦など原因は様々だが、未成年者にも及んでいる。「人は何故死に急ぐ」との問いに、ある者は「それは人だからだ」と答える。確かに人は豊かな感情を有し、自らの死も人生の一つの選択肢かも知れない。ではなぜ死を選択する？それが苦難から逃れる近道なのか、それとも死後の世界を信じ新たな道を模索しようとしているのか。

『死後の世界』これは誰にもわからない。それが「無」なのか「有」なのか、おそらく永遠の謎だ。「無」は現世をも否定し、「有」は科学を否定する。全てが「無」であるとするならば、我々の住むこの宇宙は存在せず、人は幻と覚めることのない夢を見続けていることになり、「有」であるならば、現実そのものが葬られてしまう。

『輪廻転生』これも私にはとても信じられない。宗教観念が乏しいと言えばそれまでだが、「あの人は誰かの生まれ変わりだ」とか、「あなたの前世は○○だった」とか、あまりにも人の弱みに付け込んだ集金行為の匂いが発散している。しかし全く信じないのかというと、そうでもない。生有る物は子孫を残す。これは正しく転生であり、草創期の仏宗家が万物概念の教義としたならば理解できる。

何れにしても、考える事自体極めて困難であり、出口のない迷路は心弱き者を一層悩ませる。しかし何事も複雑に考えることはない。無理に迷路の出口をこじ開けないことだ。双方を納得させるために、多少空想的になるが、次のように考えて見たい。

この宇宙は遠い昔々、高温で高密度に凝縮した物質のみであり、何もない暗黒の世界、言わば「無」の世界であった。この世界には時間も空間も無い。いつしか物質は大爆発（ビックバン）を起こし膨張を始めた。・・これはルメートルやジョージ・ガモフの約七十年前の宇宙論であるが、後にもホーキング等によって支持、補足されている。しかも宇宙は永久に膨張するのではなく、いずれ限界に達し、縮小に転じた宇宙は再び元の凝縮した物質に戻るとも言われている。しかもこれで終りではない。凝縮した物質が存在する以上、再び爆発膨張すると考えるのが自然であり、この時点で宇宙の輪廻転生が完成する。「そんな見た事もないくせに」と、私も含めて信用しがたい説ではあるが、現代科学の最高峰の理論である以上、凡人に否定の余地はない。

ここで更に考えて見よう。もし百五十億年単位で膨張、収縮を繰り返すと仮定するならば三百億年で現状回帰の理屈が成り立つ。即ち、この過程で別人へ生まれ変わるなど有ろう筈は無く、人間以外などへは尚更無い（狐、貉などの数多く生息している政治の世界はわからないが)。全くの異なる世界の誕生か、有るとすれば同一転生だ。この宇宙が一定のサイクルを持つならば、その微たる一員の選択権は剥脱されている。

卵と鶏の発想でなく、今が第一期の宇宙と思って欲しい。ならば、あなたが現実から逃避する限り、そのまま繰り返す。大地に四季折々があるように、人生にも四季がある。苦楽は人それぞれ平等に振り分けられている。人一倍の「苦の集積」は次ぎなる「多幸」への道標である。つまり、悲しみと辛さは楽しさの前兆であり、多ければ多い程、後に幸せはより大きくなって返って来る「貯金」なのだ。折角の「貯金」、貯えに疲れ果てて放棄したのでは何の意味もない。所詮短い人生。己れの判断で人生を見極めてはいけない。

さかさかさのくに

ある所に、何でもかんでも逆さの、さかさかさの国が栄えていました。人々は地上ではなく、地下に住み、頭を地核の方に向けて立っています。それは、地上の人が鏡の上に立って、足元に写る自分の姿を見ているのと同じです。太陽の光も地上のそれではないのですが、地核から発せられるエネルギーは太陽そのものでした。もちろん、ここには海も山もあります。山々では魚が走り回り、海の中では動物達が楽しそうに泳いでいました。人々は晩から朝まで、皆、忙しそうに働いています。

遊園地は今日もお年寄りでいっぱい。そうなんです、この国では先ず、お年寄りが生まれるのです。「まぁーかわいいお年寄りネ」こうした会話が至る所でかわされ、それはもう大切に大切にされています。

それも束の間、中高年になると反抗期が始まり、非行、校内暴力等問題山積で大変です。中でも一番の問題は増え続ける低年齢者対策です。このまま幼児、赤ちゃんが増え続けると福祉予算が足りません。高齢者は低年齢者を厄介者扱いで、赤ちゃん臭を消すスプレーまで売り出され、大ヒット中だとか。「これからこの国はどうなってしまうんだ」と政治の場では幼児たちが大激論。しかし「所詮若害者集団だ」として民衆の支持は得られませんでした。

ある時幼児層を代表して、時の総理大臣が言いました。「そうだ、地上の世界と交流しよう、そしてこの国を良くしよう」と・・・こうして地上と地下は互いに、自由に行き来できるようになったのです。

それから長い月日がたちました。さかさかさの国では今、幼児、赤ちゃんを大切にし、そして又他人を敬う心が根付き、素晴らしい国になったそうです。

高齢化社会と情操教育

アフリカ、南洋諸島の国々では年長者が絶対的な権限を持つ。それは長老の経験が、農耕でも社会生活に於いても、欠くことの出来ない貴重な伝承者として活かされるからだ。子供たちにとっても老人とは、沢山の知識を有した尊敬に値する教育者のような存在であり、排除しようと考える者など誰もいない。老人側でも常々頼られる事自体、重大な責任の保有を意味し、一歩判断を誤れば部族の存亡にも関わる。こうした国々に痴呆症が少ないのは、「ボケている暇がない」からか。

これはアジア民族にも言える。特に儒教文化の国では、年長者を敬う思想が徹底しており、挨拶の仕方一つにしても、相手の年令に応じた挨拶で敬意を表さなくてはならない。

無論、日本も儒教文化圏の一つである。古くから多世代家族が同居し、この大家族を統括したのがやはり長老。生活を支えるのは働き盛りの者達としても、一家の精神的な支柱は老人であった。しかし今日の日本は、離農、都市集中、核家族化の加速度的な進行によって、こうした形態も風前の灯となりつつある。又、情報通信の発達は長老の経験を必要とせずに、何時、如何なる場所でも最新の情報で溢れ、科学万能の時代を満喫している。

これで良いのだろうか？　確かに科学は我々に無限の可能性を引き出してくれるが、心情が無い。不安の限界には対応出来ないのだ。人は皆、悩み悲しむ。ハイテク化された文化的生活は一時の安らぎにはなるが、所詮「物」であり意思は疎通しない。やはり最後に頼れるのは「人」であり、且つその「心」でしかない。不安と危機的な状況の中で喘ぐ時、経験者の一言にどれだけ救われることか。

核家族とは文字通り少数家族のことであるが、現実には核抜き家族である。主役不在の少数劇団の実質的座長は子供であり、両親は脇役でしかない。未熟な座長は未成熟な親が唯一の教材である。未成熟の親が高齢者を「不潔な物」として排他的に接すれば、それを見ていた座長は当然の如く高齢者を排除しようとする。これが何を意味するだろうか？人は誰しも老いる。この親が老いた時、実子からは「不潔な物」として扱われ、孫からは確実に排除されるだろう。いずれ、子も然り、孫も然りである。この現実を直視しない限り永遠に続く。

かつて高齢者はどこの家庭にとっても身近な存在であり、子供にとっては第二の父母として、豊かな経験に基づく知恵の伝導者であるばかりでなく、情操注入の上でも大きな役割を果たしていた。この存在の否定は子供の成長に何をもたらすのか。年寄が厄介の対象である限り、障害者や恵まれない人など、より一層厄介者に映るに違いない。

最近階段から落ちて怪我をした時の事だが、まわりは大笑い。自業自得。自分でも照れ笑いの為、これぐらいは当然の事として許せるのだが、「何やってんだバーカ」の罵声や「完全無視」そして「軽蔑した眼差し」、これらには驚く。しばらくの後、電車内は松葉杖を見るなり一斉に「お疲れ様状態」。東京にこれ程まで狸が生息していようとは！　老人や、障害者の気持ちが少しだけわかった様な気がする。

日本の人口→一二五、八六〇千人、内六十五歳以上→二〇、一二〇千人、八十歳以上→四、三二九千人。既に六十五歳以上の人口はオーストラリアの総人口を上回り、八十歳以上でもノルウェーのそれを超える。二十一世紀半ばには六十歳以上だけで四千万人を超え、八十歳以上でも一千万人に達するかも知れない。即ち、総人口激減の中での数であり、世の中大半を老人で占めてしまう。今のこども達の将来、而も働き盛りの間にである。

情操注入の成されない世代に、これからの高齢化社会を支えていけるだろうか？　答えは非常に厳しい。それよりも情操欠乏症は怪しい宗教擬きに染まる可能性すらある。古来より宗教家、教組たる者は精神的、肉体的に病める者を救う為に自らをも犠牲にし、晩年は己れの貧困と飢餓そして迫害との戦いでもあった。それがどうだ、度々社会問題化している諸宗教如きの教組は豪邸に住み、豪遊し、納税義務が無いからか莫大な資産を貯え英雄気取りである。そもそも「お布施」とは、富める者が貧しき者とその御霊に捧げるものと理解しているのだが・・

高齢者の増加と少子化は両刃の剣でもあり、一方のみの対策では解決しない。同時進行の中、せめて活力だけでも維持するために原点に帰って「歳の知」が必要のようだ。パソコン世代にミスマッチと思うかも知れないが、逆に古いものほど新鮮に感ずるものであり、五十歳代の演歌世代を完全に無視する反面、六十歳代とロカビリーで意気投合したり、又民謡を取り入れる若手ミュージシャンもいる。

進化には良性もあれば悪性もある。良性とは優性な遺伝子を継承した進化であり、劣性な遺伝子を継承したのであればその種はいずれ滅んでしまう。日本人は歴史と伝統を誇る優秀な民族だ。物質文明の伝承に限らず、豊かな情操を残す意味でも「古との融合」が不可欠ではないかと思う。

蜜蜂と蟻の会話

ある春の朝、新緑と美しい花に囲まれて、蜜蜂と蟻が楽しそうにお話をしていました。するとすぐ近くを大きな自動車が走っていきました。ガタン、ガタン、ブルルン、と。

蜜蜂「人間て、何て原始的な生きものなんだろうか、あんな変な物に乗らないと移動も出来ないなんて！　僕なんか羽が有るから自由自在さ」

蟻「困るよ、本当に。家は壊されるし、排気ガスで空気は汚れるし、周りの迷惑をちっとも考えないし、きっと文明からとり残された野蛮な生きものなんだよ」

蜜蜂「僕もそう思うよ、だって遠くの人との連絡にも、電話やインターネットなど通信機器を使わないといけないなんて、大分遅れているよ。僕達のようにテレパシーってものが無いんだってさ」

蟻「そうそう、人間て学校という所があって、そこでいろいろ教えられるんだって！　知ってた？　蜜蜂くん」

蜜蜂「へー、そうなんだ、昆虫仲間のように親の記憶遺伝子がそのまま子供に引き継がれるんじゃないのか」

蟻「だから、勉強しない子はとり残されて大変なんだよ」

蜜蜂「ふーん、それじゃ可哀相だね、それで僕達をいじめる悪い子もいるんだ」

蟻「それは道徳の問題で、勉強とは関係無いと思うけどね。それに人間て予知能力がないじゃない！　地震とか台風とか事前に十分に知る事が出来ないし、現実は厳しいんだよ」

蜜蜂「よくわかったよ蟻くん、要するに人間て地球に現れてまだ数百万年だろう。我々に比べたら、まだまだ進化途上って事だよね」

蟻　「未熟な人間社会を暖かく見守ってあげるのも、文明社会をいち早く築いた昆虫達の使命だしね。長い目で見てあげようよ、ねっ」・・・・

カラスのひとりごと

カァー、カァー、カラスも最近は辛い事が多いなー、いやになっちゃうよ。寝床は遠いいし、食事はまずいし、なんと言っても住民には嫌われるし、どうしてだろうね。

昔はね、皆とすごく仲良しだったんだよ。童謡の歌詞にも ♪かーらーすなぜなくのー~♪ ♪夕焼けこやけで日が暮れて~♪ 他にもたくさんカラスが出てくるでしょ、誰からも愛される「よい子の真のお友達」だったんだけどなー。それがいつの頃からか森が切り開かれ、僕らは住みかを追われてね、仕方なく都会で暮らし始めたんだけど、いつもいじめられてばかり、僕達の方が被害者だよ。でも決して恨まない、いつしか皆もわかってくれると思うし、それまで我慢するよ。だってさ、僕達頭いいもん。胡桃の実を車にひかせて中身を食べたり、都会で生きるために知恵を絞って頑張っているんだ。こんなこと出来る動物はカラスの他いないと思うよ。それもこれも又皆と仲良しになって、昔の様な美しい自然を取り戻したいからさ。できるよね、きっと。カァー、カァー、カァー。

美しい地球は　誰のもの

この地球という小さな大地の上で、数多くの動植物が生活している。弱肉強食の中で強い物だけが勝ち残り一層の進化を続け、弱者は強者の餌食として位置付けされるか、滅亡の道をたどるかの何れかである。動物本能における力関係で人類は決して最強ではないのだが、「知恵」という力を得、食物連鎖の頂点を極めてきた。そして今日、他の追随を不可能にした如く、唯我独尊を謳歌している。

人的な文明を築いた人類にとって動植物は餌であり、資源であり、又は阻害物質として排除し続けた結果、生態系の多くを環境汚染も相乗して破壊してしまった。

自然界の全てが、人類にとって不可欠なパートナーである事を知った今、一部種の回復に努めているのだが、回帰そのものが既存の生態系に対し新たな異変を引き起こすといった問題も生じ、前途は多難である。やはり、人間の身勝手の「つけ」は大きいということか。

一昔前、こどもに最も愛される動物はカラスだった。童謡を思い出すまでもなく、森の主人公であり、朝、夕を告げる音色としても慕われていた。森を奪われ住みかを都会に求めたカラス、今では悪役の第一人者である。元来カラスは頭が良い。学習能力を超えた即応力を持つ。その能力に驚いたある鳥類学者は、人「は」ではなく、『人「も」考える葦である』と迷言を吐いた。

一方、海の愛される主人公は紛れもなく、イルカ。漁民にとってイルカは魚を強奪し、漁民の命でもある網を食い千切る「憎き敵」でしかないのだが・・どこかゴミ置場を荒らす誰かに似てはいないだろうか。大きな違いは、イルカは都会の住民と紛争事を起こさない。イルカだって、育児中に泳ぎの下手くそな怪魚（人）が近付いてくれば襲って来る。要は、彼らだって生きるのに必死なのだ。

我々は、「知と親しみ」のみで生命体を序列してはいないだろうか。それも人的科学的思考で。小さな昆虫を見ると、彼らは整然と自分の役割をこなしている。組織にはれっきとした地位があり、人間社会とちっとも変わらない。漠然と見ているとわからないのだが、良く見るとそこには統制機能と効率が働き、まるでフォードの経営管理システムのようだ。人は何の疑問もなく、それを「習性」という。習性であるならば誰が教えたのか、もし教えが内蔵され代々継承されるなら、記憶をインプットしたメモリー、そうコンピューターの大量生産であり、尚且つ組閣力を持つ優れ物だ。

人とは言え、原始生命体からの進化であり、その過程で分岐して様々な動植物を生んだといわれる。見方を変えれば、父母～祖父母～祖々父母～～～～原始生命体である。地上の生有る物、全てが原点に集約されるならば、組成以外に何らかの共有部分があっても不思議ではない。もしかしたら、人以外の彼らも「文化」を持つ。人は彼ら並みの文化を持つに至らず、その補填策を物質文明に求めたとするならば、彼らから見て人類は完全な異端児にすぎない。

物質文明は、僅か数千年の間にこの社会を一変させた。科学は時間と空間を大幅に短縮し、一日の縮図は地球のすべてを視野に入れ、太陽系惑星をも手に入れようとしている。だが一方では、これまでの利己悦楽文明が未来環境へ大きな影を落とし、抗体の如く人類を確実に脅かしている。

「人類にも困ったものだ、でも愚かな者ほどかわいい。ここはわしらが一丸となって助けてやらんと」・・植物にも文化と理性があれば、きっとこう語っているに違いない。

遠い星から来た今浦島太郎

地球から一万光年先の遠い所に、星を見るのが大好きな、浦島太郎という男が住んでいました。ある時、一万光年先の彼方に地球という美しい星が有ることに気付き「何とか詳しく知りたいものだ」と考え、それはそれは精度の高い望遠鏡を作り上げました。早速その望遠鏡を地球の方へ向けると、そこは一万年前の縄文時代の日本でした。

太郎は初めて知ったのです。自分の住んでいる星以外にも、文明が芽生えつつある星が有る事を。それはもう感激でした。

しばらくすると今度は、「何とかあの星へ行ってみたいものだ」と考えるようになり、研究に研究を重ね、ついに宇宙間瞬間移動機を完成させました。太郎は矢も楯もたまらず飛び乗ると、透かさずに地球行きのボタンを押しました。瞬きをしてる間も無く地球へ・・

美しい緑の大地と古代のロマンを求め、そっと扉を開けると・・太郎は愕然としました。そこはビルと車と人の溢れる大都会だったのです。太郎は「何かの間違いで別の星に着いてしまったのだ」と思い、位置を確かめるために自分の住んでいる星を望遠鏡で覗きました。するとどうでしょう、太郎の顔が真っ青になりました。望遠鏡の先に有る光景は、まさしく一万年前の縄文時代そのものなのです。「きっと戦争か天災で文明が滅んでしまったんだ」と思い、悩み悲しみました。太郎は自分の星へ帰るのをあきらめ、この星で暮らす事にしました。太郎は今でもこの東京のどこかで、ひっそりと暮らしているそうです。

高度情報通信化時代の悲劇

今日、情報化社会は飛躍的に進歩し、我が国でもその恩恵を多大に享受しているかのようにみえる。しかし我が国にとって、本当の経済活性化の意味で役に立っているのだろうか？　確かに平面的であった時間と距離を瞬時に点に集約する、この効果は大きい。だが一方で日本的な要素が、諸外国に比べてかなりのハンディキャップであるのも事実である。

先ずパソコンで考えて欲しい。最早、「衣、食、住、通信」と言われるが如く、生活四要素のひとつでもある。しかしながら厄介なことに日本語はひらがな、カタカナ、漢字、そしてアルファベットの混合体である。活字化にもいくつかの変換作業を伴う。これは欧米と比較して作業効率は熟練者であっても相当に落ちるだろうし、即ちパソコンが二千万台普及しているものと仮定して、年間の時間的、経済的ロスは計り知れない。いくら日本人の手先が器用だとしても、タイプライターで培った日常的な能力とアルファベット文化には、とてもかなわないと言う事か。

又、携帯電話も然りである。以前であれば十分に社内で対応できる内容であっても、出先の担当者を追って街中ベルの嵐である。その中に重要な緊急事項は、はたしていくつあるのだろう。相当数は他愛のない電話に振り回され、結果として事務所内の者が直に処理するよりも、遥かに時間と経費の無駄遣いをしているのではないかと思う。

これは決して職場内の問題だけではない。十代は言うに及ばず小学生まで所有している現実。所構わず会話で盛り上がり、延々と話し続ける。それが公衆電話の無い地域ならまだしも、その隣ですら携帯電話である。「日本人も豊になったものだ」と思うのは自由である。そして又、アジアの中でも携帯電話は普及し、日本よりも普及率が高い国がいくつも存在するのも事実である。だが収入のない子供の通話料が数万円／月・・・公衆電話よりも安く、必要不可欠の連絡内容であれば仕方がないが・・・これ程の無駄を許す国がどこにあるだろうか。

政治家、評論家は常々唱える。「IT産業は国を支える根幹だ」と。米国の華々しい復権、東アジア地区の産業の振興然りで否定はしない。しかし我が国にとって今、それが本当に貢献し得るのか。

確かに、平成大不況の中にあっても高決算企業は多い。その殆どは情報通信産業に於いてである。産業の変貌は経済の救世主であり、後々様々な雇用を生み出す事だろう。だがそれは、あくまで社会が健全に機能するのが前提だ。光の部分で実態を把握してはいけない。その裏には必ず影があるのだ。

高度成長期とバブル、そして今日。これも光と影である。即ち、消費型社会と緊縮社会であり、倹約型の後者は高い消費を伴わない。緊縮下の情報革命が齎らすものとは・・・実質所得の減収は一段と支出を抑制する・・・であり、情報分野への支出の増大は一方の分野でかなりの抑制を強いる事にもなる。一世帯当たりの携帯電話通話料を約十二万円とするならば、これだけで平均年収の二%であり、更に他の情報料を加えると、恐らく二十万円以上の負担増になっているだろう。これは四千万世帯×二十万円＝八兆円であり関連産業は増収だ。しかし、この費用が自動車などの消費抑制に回れば、他の消費財産業は壊滅的な打撃を被ることになり、経済は根底から揺さ振られる。何故ならば、高度に集約された情報産業では、一方から排出された数の四割の雇用で限界であり、結果相殺すると、約束されるものは「破滅」の二文字でしかない。

米国と日本では基礎実態が違いすぎる。「だから、こうなる筈だ」では通用しない。

光の玉とおばあさん

人里離れた山奥に、お婆さんが一人で住んでいました。雨の日も風の日も畑仕事、山間の痩せた土地では自分が食べるのがやっとの苦しい生活です。ある時、畑仕事を終え家に戻ると誰もいないはずの障子戸の中に不思議な灯りがゆらゆらと、「おやっ、なんじゃいなこれは」と思いつつそっと近寄ってみると、青白い光の玉が小さな部屋の中を行ったり来たりしています。その物悲しい仕草に「もしや、閉じこめられて困っとるのかのう」と思い、お婆さんは少しだけ障子戸を開けてあげました。すると光の玉は、嬉しそうにお婆さんの頭の上をぐるぐると回りながら去っていきました。

この年は夏でも肌寒く、農作物が一向に育ちません。あちこちの村では農作業を諦め、出稼ぎの準備をしています。しかしお婆さんにとっては畑だけが頼り、ほかになすすべもありません。強い風の吹いた次の日の朝の事です。荷物を背負っていつも通り畑へ出て行くと、麦畑の中に真丸い模様が出来ていました。とても風の力で出来たものではない事はお婆さんにも直ぐにわかりました。それからは次の日も次の日も、毎朝不思議な模様が出来ています。特に作物に影響は無いので気にも止めなかったのですが、ある朝ふと模様の中をのぞいてみると、そこにはうっすら「おばあさん、ありがとう」と書いてありました。それはお婆さんが助けた、光の玉が作っていたのです。

この世には、人間社会が永遠に接触する事が出来ないと思われる、もうひとつの世界があります。それは形を持たない光だけの「プラズマ生命体」の世界です。お互いに文化を持ちながら、その存在すら知り得ないのです。これはお婆さんだけが経験した誰も知らないお話です。

この秋、お婆さんの畑では取りきれない位に作物が稔りました。

危険に蝕まれる食料事情

　ある寒村の夏の夕暮どき、家屋の灯す疎らな光とともに、田畑の中に残る鄙びた墓地の傍らで、青白く発した光が一つ二つ、世をはかなむかのように淋しくゆれ動く。正体は残念ながら〇〇ではない。水辺の蛍が安らぎの場所で踊り、そして求愛をするごく自然な光景であった。それも今では興味と創作に転嫁された世界でしかない。自然と言う名そのものまで風化しようとしているのか。

　元来、農作物も自然界の恩恵のみで育ち、人々の食文化を支えてきた。しかし消費者の『負』の要求は益々苛酷になり、「見た目」第一主義はその後、純然たる自然作物を市場から淘汰していくことになる。

　確かに、美しい外観と形状は購買意欲をそそる。だが一方で、それを支えるための農薬付けと種の改良が、我々の将来に大きな影響を及ぼすかも知れないのに。

　最近では有機栽培が見直され、有機農作物として出回ってきているが、この定義として

「過去三年間、農薬や化学肥料を使用しない土地で栽培」とされており、現実には、この定義に抵触するケースも多く、実態はまだまだである。

又、改良に関してであるが、ここ数年の著しいバイオ技術の進歩はそれのみならず、現世に存在しない種をも次々に誕生させ、一般家庭の食卓へと送り込んでいる。地球温暖化や低開発国の人口爆発による食料不足に対しては一時の朗報になるかも知れないが、問題は将来に対してである。我々生命体は異物の侵略に対して攻撃的である。もしバイオにおける新たな生命を同胞と見なさず敵として見做せば、一時的な成果もいずれ相反する不測の事態を招き、人としての価値を失ってしまう可能性すらある。

人は、過保護且つ自然から隔離された者ほど抵抗力に欠ける。些細な変化でも追従出来ずに自らを破滅させるだろう。無機栽培と新たな種の参入は、ウィルスの自家培養の如くに我々を突然襲って来るかも知れない。

やはり自然が一番である。野菜に付いた小さな虫、人はそれを害虫と見なし農薬で除去する。果たしてどちらが「害」なのか。変形した野菜、果物、そして人為的に改良した物、安全性はどちらが高いのか。言わずとも・・に拘らず、人は、何故に不安を選択をするのか？　季節の贈り物であればまだしも、自分の家の食材にまで、より危険性を好むとは！

曾て、日本人は自然を愛し、そして大切にする民族だった。無駄の排除に優れ、夫々の意識と工夫は世界に誇れる数々の文化をも生み出した。しかしながら見せ掛けの豊かさは、悲しいかな、使い捨てと「見栄」を促進し、歪んだ観念を育ててしまったようだ。

本来、人は個性を重んじ横並びを嫌う。だが、同一思考に基づくブランド化、幼稚園の園児の如く頭の天辺から爪先まで同様を好み、個性の欠片も無い現実・・フランス人のファッションポリシーとして、他人と同じ物は身に着けたくないとする頑固さ。イタリア人のブランドとは、自分だけのオリジナリティー。ここには量産と高級認知されたブランド意識など存在しない・・ここに「ていたらくニッポン」の姿がある。

日本の食料自給率はついに四〇%を割り込み、益々低下傾向にあるという。農業の保護と振興の意味ではなく、これ以上の低下は何をもたらすのか。自然はいつも優しいとは限らない。常に牙を向ける準備をしており、飢餓と背中合わせでもある。「金さえ有ればいつでも買える」保証はどこにもない。

ポストハーベスト（残留農薬）、遺伝子組み替え作物、温暖化（天災、食糧難）。豊かさは明日の危機の裏返しでもある。『正』の成就は一刻を争う。

本当のお話　美しい心

　想像を越える寒さ、冬の西アジア、そこは身も心も凍てつくようです。人々の多くはまだ貧しく、子供でも十歳ぐらいになると家計を支える為に働かなくてはなりません。幼なくして父親を亡くした少女スーザは特に貧しく、寒さを堪えながら今日も街角で絹織物の民芸品を売り歩いていました。家では盲目の母と妹、弟が待っているのです。「お土産に如何ですか」「一つ如何ですか」一生懸命声を掛けても誰も振り向いてもくれません。小さな手はかじかんで血がにじみ、真っ赤です。夜もふけていきました。

「全然売れない、どうしよう困ったなー」「家にパンを買って帰らないと」と思いつつも満足にパンを買うだけのお金が無いのです。有るのはたった五十シリン、一切れのパンが買えるだけです。しかたなくこのお金を握り締めパン屋さんの前まで来ると、道の片隅に寒さに震えた老人が佇んでいました。「おじいさん大丈夫? お腹すいているんでしょう、今日はたくさん売れたからこれでパンでも買ってね」と言うと、その五十シリン全部あげてしまったのです。「いいんじゃよ、気持ちだけで」と聞くまでもなくです。

とうとうスーザは無一文になってしまいました。

「ごめんなさい」心の中は家族への申し訳なさで一杯でした。重い足取りで家に着くとスーザは、パンが買えなかった事を素直に謝りました。すると母親は言いました。「何を言うのスーザ、あなたには苦労をかけて本当に」と涙をやっとこらえながら・・・その時です、何やら外で足音がしました。ドアを開けるとそこには若く美しい少年が、何人もの護衛を従えて立っていました。スーザは夢かと思いました。なぜなら、貧しいスーザの家などには来るはずのない出で立ちなのです。少年は言いました。「今日私の父があなたの美しい心に助けられました。父は庶民のくらしを知るために、身なりを変えて街へ出ることがあります。今日がその日でした。しかし道に迷い困り果てているところを、あなたに出会い救われたのです。身も心も美しいあなたこそ、この国を収める者の伴侶にふさわしいと父は申しています。私もあなたを一目見て引かれました。是非、家族共々私の家に来ていただけないでしょうか」と。

そしてその後、スーザがどうなったかは言うまでもありません。

誰が悪い・増加する年少者問題

世界の中で日本の子供ほど金持ちはいない。高価なゲーム機とそのソフト等、先端機器を我先にと購入し、驚くほど高額なブランド品を身に付けている者も多い。こうした消費の低年齢化が経済基盤の一部を支えているのは否めないが、何故かこの国の崩壊を暗示しているようでならない。

ある調査によると、世界の高校生、大学生の約八〇%がアルバイトをしているが、その目的の多くが自らの学費と生活費だという。決して親の経済力の問題だけではない。なぜならば先進国でもこの数字は変わらないからだ。欧米では義務教育は親の責任、高等教育は自分の責任として徹底している家庭が多いのがその理由らしい。事情は異なるが、一世代前の日本も同様であった。何せ各家庭に子供が多い。地元通学ならまだしも、地方人にとっては親の負担によって進学するなど夢の又夢、どれ程優秀な人材が進学を諦めたことか。そして就職。就職は自らの仕事の場所だけではなく、もう一つの更なる役割を果たす為でもあった。それは今や死語に近付きつつあるが「仕送り」である。昨今では「親から子」へが代名詞になってしまっているが、無論「子から親」へである。順次就職した者からの仕送りは、貴重な収入源として、大家族の生活を支えてきたのは言うまでもない。

今では二人兄弟又は一人っ子、最早、少子化から省子化である。主従は逆転し、全て子供の意のまま。生まれた時から「親は子に従い」で、我が子の誤った素行すら止める事ができない。

「いじめ」「犯罪の低年齢化」世間では社会が悪い、教育が悪いとか言っているが、親の責任が最も大だ。誤った愛情と豊かさの供与は、思いやりや他人を敬う心を欠落させるだけであり、利己主義者の育成にすぎない。「豊かさは自ら生み出すものではなく、周りから与えられるもの」と思い込んでいる以上、他人の痛みなど知る由もない。「自分さえよければ主義」が洗脳であれば未だしも、思想を超えて人格状態にまで及んでいる以上、教育で改善できるほど甘くはない。教育を受けるとしたら、先ず親からだろう。ここ数年の犯罪で驚くのは、自宅でのそれが多いことだ。親が介入しないばかりか、小さな家の同じ屋根の下にいる被害者を救い出す事もできない（しない）。同居人が共犯ならまだしも、近年以外の犯罪史上で同様な事例は有ったのだろうか？

親が子に愛情を注ぐのは当然の行為である。愛情とは過保護にすることでもなく、自由放任にすることでもない。あくまで現実の厳しさを教える事であり、自立心と社会に対する敬愛の念を抱かせる事である。世界共通の事例であるが、成功者が代々踏襲し尚且つ成長する条件として、親の豊かさを子には与えない。要するに資産はそれとして、子供に贅沢をさせていないのだ。この日本ですら二代目、三代目と成長し続ける企業では、我が子に小遣いなどあげた事がないという経営者も多く、子息も当然の如く受けとめ、アルバイトと勉学に精を出している。就職も直ぐに親の会社には入れずに、よそで苦労をさせる事で、他人の痛みを知る人望の厚い経営者になれるのだと言う。甘えは、健全な人格形成に禁物ということか。

では現実問題として、今起きている事態に如何に対応すべきだろうか？　それは大人（親）が基本に帰り自らを厳しく律するしかない。背中が正しければ子は必ず追従する。これ迄のように、周りが背伸びすれば自分も背伸びする。それも内面的なものならまだしも、物質的な欲望のみで背伸びしたのでは、それを見ていた子供は「贅沢と快楽は何物にも勝る正義」として認識するだろうし、しかも努力せずに手に入れるものと誤認した時点で人格は崩壊してしまう。

中国の古文書にも「今の若い者は・・」と常々記されているように、いつの世も年代差は思考のギャップを生む。しかしそれは、世代交替期の一種の進化であり必然性を伴う。だが、今日のそれは、何かが違う。目に見えない崩壊の序曲が既に始まっているかのようだ。

複雑な負の要因が絡み合う今、内因で消失したとされるマヤ・インカ文明の末期再来の予感さえ漂う。

時を架けたリサイクル

少し先の時代のこと、分別しても一向に再資源化されない、貴重なゴミが所狭しと溢れていました。悩み悩んだ末にひとつの結論がでました。それは「そうだ、未来の世界へ送ろう、未来ならきっと有効利用してくれるに違いない」と思ったからです。しかし世の中そんなに甘くはありません。何処も同じ、未来の世界でも資源ゴミが溢れて大変、直ぐに送り返されてしまいました。すると今度は「そうだ過去の世界へ送ろう」という、とんでもない意見が出て、何と採用されてしまったのです。

江戸の町にペットボトルがひとつ、ふたつ。最初のうちはさあ大変、物珍しさから取合いの喧嘩、ついには殿様への献上品として使われる有様です。ところが大量に降りだすと、さすがに困りました。至る所、ゴミ、ゴミ、ゴミ、江戸の町は処分を巡って大騒動です。

しかしながら、そこは世界に誇るリサイクル都市「大江戸」です。さすがに転んでもただでは起きません。「こんなに貴重な資源は滅多に無い」として、いつの日か再利用できる日が来るまで保管する事にしました。候補地がいろいろ挙げられましたが、何せ日本は高温多湿、とても長期保存に耐えられる場所が有りません。そこで砂漠の国と交渉し、砂の下に保管する事にしたのです。

あれからどの位の月日が経ったでしょうか？　今となっては、砂漠の下の宝物が、その後どうなったのか知るよしも有りません。

二百万世紀半ば、枯渇した筈の石油が某国の砂漠の下で発見されました。原油の中からは、太古世界の日本製ゴミの化石が発見され、二百万世紀最大の不思議として街中の話題を独占しています。

もしもお疑いならば、今すぐに、二億年後の新聞をご覧下さい。

リサイクルはどこへ行く

混ぜればゴミ、分ければ資源と言われている通り、分別はリサイクルにとって重要な事である。しかし、分別イコール、リサイクルではない。リサイクルとは、再生品を先ず消費者が購入、使用する事が前提なのだが、現実には再生品を使用する意志の無い多くの人々が分別のみに終始し、リサイクルの達成感に浸っているのが実態のようだ。

その結果として、分別回収された原材料がダブつき、行き場を失った貴重な資源が、埋め立てられたり、焼却処分されたりしている。

言うまでもなく、経済の原理原則として、需要と供給のバランスが物の価値を生むのであって、供給が需要を大きく上回っていれば、いくら分別しようとも、あくまでゴミでしかない。

皆さんも、一昔前の事を思い出して欲しい。まだ全体が貧しかった頃、どこの家庭でも、新聞、雑誌、ビン、缶、鉄屑等、誰に言われる訳でもなく、きちんと分別していた筈だ。それは排出物が貴重な資源として活用され、有価物として売買されていたからに他ならない。ちなみに、昭和三十年初頭、古新聞十貫（三十七・五キロ）で子供の学校の月謝を払うことができた。需給のバランスは私たちの生活すら支えていたのである。

再生品の需要が大幅に伸びれば、二次精製工程も改善され、品質が向上し、かつ製品コストが下る。そして無価値の廃棄物が有価物となり、環境保全のみならず私たちの生活をも豊かにする可能性を秘めている。

こうした事を言うと「時代が違う」と言われるかも知れない。今、日本は豊かになり、高価なブランド物が溢れている。「何もわざわざ再生品を買わなくても」が本音だろう。

では何故、北欧やドイツ等でリサイクルが日常化しているのだろうか？ 環境先進国では再生品に対して、特にその旨の明示をしない。それは「最早、当たり前」と言う事だけではなく、明示すると再生品ばかりが売れてしまい、本来の製品が売れなくなってしまうからだという。日本とは逆の現実で何と嘆かわしいことかと思うと同時に、日本人の内面的貧しさを感じざるを得ない。

周知の通り、我が国は奈良の都の時代から、つい最近までは世界に誇れるリサイクル先進国であった。それが高度成長と言う幻の宴の中で、物質欲に溺れ「自然と同化して生きる」日本の心を無くしてしまったかのようだ。

蝕まれた大地を修復する意味でも、本来の心を取り戻さなくてはならない。そのためにもリサイクルは、分別がすべてではなく『先ず再生品の使用が前提である』事を強く認識して欲しい。

私たちは今、誰もが住みよい豊かな国造りのため一生懸命、僅かな砂金を攫っている。しかも、黄金の土台に立っているのを知らずして！

思いやりと沢山のお金

それは険しい峠道、誰しもここを通らなければ町へ出る事が出来ません。この峠の麓に一件の小さなお店が有りました。そこには、如何にも意地の悪そうな商人が住んでいました。

ある晴れた暑い日の事です。コウモリの母子がやって来ました。「おじさん、おじさん、日暮まで少し休ませてくださいな。コウモリは目が見えないので、危険の多い日中は飛ぶ事ができないのです」と言うと、商人はいやな顔をして「ダメ、ダメ、ここは一休みする所じゃないよ」と答えました。今度は年老いたペンギンがやって来ました。ペンギンは言いました。「わしも昔は自由に空を飛ぶ鳥だったんじゃが、この通り羽が退化してしまってのう、この体じゃ峠はとても越えられん、杖を一本貸して下さらんか」と。またまた商人はいやな顔をして答えました。「何、貸してくれだと、ダメだよ、欲しけりゃちゃんと買いなよ」と。このお店の裏は広い竹薮、杖などいくらでもあるのですが。老ペンギンは疲れてもう歩く事すらできません。その時です、一部始終を空の上から見ていた神様がこの商人を改心させようと、化身の狐になって降りて来たのです。

神様は「お前には悪い狐がついている、追い払ってしんぜよう」と、商人の頭をなでました。するとどうでしょう、瞬く間に商人の目と手足が不自由になってしまったではありませんか。さらに神様は「お前が今欲しいものは自由な身体か、それとも沢山のお金か」と尋ねました。すると商人は、なんのためらいも無く「金に勝るものなどこの世に有るものかね」と答えました。その言葉を聞くなり、神様は山のような沢山のお金を商人に渡して、コウモリの母子と老ペンギンを連れて去っていきました。

商人は大喜びです。家の中がお金の山になりました。それはそれは嬉しくてたまりません。しかし、それもいつしか虚しさに変わりました。なぜならば身体が不自由になって初めて「世の中にはお金より大切なものがある」事を知ったのです。

しばらくの後、商人は、神様からのお金を元手に、旅人や大衆の疲れを癒すための自由で大きな温泉を造りました。この温泉のお陰で商人の身体もすっかり治り、今では悩める者の良き理解者として、多くの人々から慕われているそうです。

新たな「村社会創り」を目指して

最近、自然災害とりわけ地震と火山噴火が多いのが気になる。どうやら日本列島が本格的な活動期に入ったようだ。

数年前、大都市の直下を地震が襲った。あるボランティアの一人は私財を投げ出し、炊き出しの米やパンを購入して現地へ急行した。そして被災者に配り始めだのだが、どこからともなく「なんなんだよこれは、朝から何も食うてへんのに」といった不満の声が。被災者からみれば当然の本音かもしれないが、極一部とはいえ、ボランティアに出向いた当人にはどう聞こえただろうか。

一方、北の過疎地を襲った地震と大津波。やっと届いた僅かのおにぎりを前に、老婆は手を合わせて「見ず知らずのお方にこんなに親切にしていただいて・・」と、声をつまらせて涙ぐんでいた。

これは一例であって、決して都市、郡部を象徴したものではない。如何なる場合でも迅速な対応が必要ということである。

嘗て、人々は村社会に属し、お互いの助け合いの中で生活を営んできた。都市化は人の営みの中にも過疎を生み、孤独と疎外感はそれを一層加速させている。新たな村社会の復興が困難な今、我々は何をすれば良いのか。

災害は日本だけではない、世界の至る所で起こる。これまでの日本の対応は、あくまで金。金は出すが人も物も知恵も出さない。而も何事においても「諸外国の対応をみた上で」と主体性の欠片も無く。最近になって漸く金以外も出すようにはなったが、何かぎこちない。村社会の良さはどこへいってしまったのだろう。

そもそも日本人は交渉下手だ。集団では意思追随で行動するのだが、単独になると何も主張出来ない。それでも、勤勉は何にも勝る美徳として今日の地位を築いてきた。しかしそれも束の間、何かが変わってしまった。

某社の昼時を前に、殆どの思考回路は昼食態勢。仕事を切り上げてチャイムを待つ。片や外国からの出向社員と研修生。そのまま仕事を継続し、切り上げたと思いきやハンバーガーを頬張りながら、又仕事。そして夕方五時、ダラダラと仕事を続ける同胞をよそに帰宅の途につく。そして休日はボランティア活動も。果たしてどちらが「企業戦士」なのか…

長らく日本経済は米国の傘の下で、米国がくしゃみをすると云々とする従属関係にあったが、経済力が拡大するにつれ、従属から対極へと変化する。バブル期は分岐的象徴であり、米国はどん底。そして今、米国経済が歴史的な我が世の春にも拘らず、日本では特定の産業を除いて第二次大戦以来の玉砕にも通ずる大敗である。即ち、大国アメリカのシーソーの下で上下動していた小国ニッポンは、巣立ちを見ないまま相対するシーソーに乗り移ったようなものであり、はばたけぬままに喘いでいる。

集団から独り立ちへ。これは日本人にとって最も苦手な事だ。何事も自分で判断しなくてはならず、誰も導いてはくれない。月光を失った夜道では、自らの力で明かりを灯さなくてはならない。この力を養って、初めて他人の痛みがわかる。

村社会は組織ではない。個々の独立体であり、それぞれ懸命に生きる中で弱点を補完しあってきた。今、日本（人）は巣立ちの正念場を迎えようとしている。他人の痛みを知る、そしてお互いを尊重出来る新たな「真実の村社会」を創るために。

歴史、古代都市 東京

むかし、むかし、日本には東京というそれは大きな都がありました。景気の良いときも悪いときも、この東京を目指して、人と物とお金がどんどんと集まっていました。街中には富士山をも見下ろすかのような、超高層ビルが続々、竹の子のようにニョキニョキと立ち並び、若者達は夜をも忘れて遊び回る、それはもう賑やかな都会だったそうです。

今から約千年程まえ、この都会を未曾有の大不況が襲いました。幻の宴は終演し、街は失業者でいっぱい。至る所で建築途中のビルが放置される有様、数年前の面影はどこにも有りません。

こうした中、利権にむさぼりつこうとする政治家と、忍び寄る巨大地震の影に怯える、専門家、民衆の利害が一致し、「遷都」いわゆる「首都機能の移転」に動き出しました。不況で財政難の折、財源の捻出など問題が山積していましたが、結局は有力政治家の思惑が勝り、東京から僅かしか離れていない所への移転が決定しました。

元来、東京と新首都の間は緑豊かで史蹟なども多い、風光明媚な所だったのですが、景気の回復とも相まって、緑はどんどん宅地へと侵食され、やがて東京と新首都は一体化して益々巨大化していったのです。

さあ大変、この超巨大都市には、かつてを遥かに上回る、凄まじい、人と物とお金が集まって来ました。雑踏と喧騒は隅々にまで及び、かつての反省は何処へやら、再び幻の宴の世界へです。・・・その時です、この地帯を地震が襲いました。心配されていたような大きな地震ではなかったのですが、何せ超巨大都市、その上には想像を絶する種種な物が乗っています。既にその重さを支えるだけで限界でした。ミシッ、ミシッという轟音とともに大地は崩れ去り、大波に攫われ、瞬く間に海の藻屑と化したと古文書には書かれています。

今となっては見る影も有りません。しかし本州の中程に大きな関東湾が有ることで、お解りいただけると思いますが！

これでいいの・首都（機能）移転

まだ暗い早朝、北関東の主要各駅は通勤客で賑わいだす。乗客の行先は県都ではない。あくまで東京都下迄の通勤客だ。その間二時間以上を要するが、首都圏の事情からしてごく一般的な光景であり、今や長距離通勤とは言えないらしい。そして暫くすると学生のお出ましである。父親の決死の通勤をよそに、彼らは都下の学校まで悠悠自適に新幹線で通学している。少子化は、一家の主人の地位をも奪ってしまったのだろうか?

首都圏は日本一の過密地帯、いや経済集積から見ると世界一、それも群を抜いている。東京五十キロ圏に三千万人を超え、一都六県では四千万人にも及ぶ人口が集積し、出生率激減の最中でも、この地域だけは益々拡大の一途をたどっている。人、物、金は言うに及ばず、光も音も文化も全て吸い寄せているかのようだ。五十キロ圏の比較でも大阪の約二倍、名古屋の四倍の人口を有し、自然の営みを侵略した都市化、宅地化は止まるところを知らない。このまま交通網の整備と宅地の遠隔地化が進めば、関東甲信越から南東北一帯は東京の一部と化し、東京都福島区、長野区、新潟区の誕生まで予感させる。

こうした中、遷都いわゆる首都(機能)の移転問題が現実味を帯びてきた。これまでにも遷都論は度々浮上していたが、いずれも机上論とエゴの集散であり、なかなか前進しないのが実情であった。しかし新世紀を控え、二十一世紀に相応しい国土の再開発は国の責務且つ国民の悲願、ということで候補地の選定作業に乗り出し、近々決定の見込みである。

だがちょっと待って欲しい。遷都の目的はあくまで「東京一極集中の是正」であり、過大都市化の弊害の除去と大規模災害からの人的、経済的退避ではなかったのか? にも拘らず首都移転の候補地に首都圏内で二ケ所、阿武隈地区を含めると三ケ所もあり、何れも有力な候補地であると言う。それでなくても、既に行政機能の一部を分散と称して神奈川、千葉、埼玉等に移転している。みなとみらい、幕張、埼玉新都心地区など東京そのものであり、隣の敷地に立て替えるだけの行為を分散と称する事自体、理解に苦しむ。さらに首都そのものまでも、首都圏内に移そうというのか？

「首都を首都圏に移す」・・これは遷都ではない。大都市の更なる大都市化を助長するだけであり、弊害の拡散にすぎない。首都圏は大規模地震の巣窟であり、東京と一体化している首都圏内の首都候補地など、誰が安全だと言えるだろう？ 例えるならば、木造二階建てのアパートが火事で、住人が危険にさらされている折り、住人をより安全な戸外へではなく、より一層危険な二階部分へ導いている救助活動のようなものである。

確かに、首都受け入れ側のメリットは計り知れない。地域振興に大きな役割を果たし、地元住民は絶大なステータスを享受し得る。しかしその一方では、巨額の利権を巡って金の亡者が暗躍し、醜い利権争奪戦が起きる。この過程で地元住民は完全に無視されるか、単に踊らされるだけであり、結局は「退廃と破壊しか残らず」になりかねない。こうした結果を招かないためにも、大局的な見地で首都（機能）移転を論じ、又は是非を問うべきだ。

我々は政治家の道具ではない。一人一人がより良い未来を築くために、冷静且つ沈着な判断が求められる。「首都が来れば全て良し」とする地元優先思考の排除は確かに難しい。

適地選定のミスは、経済を根底から揺るがすだけではない。首都圏のＧＤＰは英、仏、伊を凌ぐとも言われる如く、その位置付けは日本のみならず世界的にも大きな影響を与える。もし首都圏が不慮の混乱、災害に遭遇した場合「天災だから仕方がない」などと御託を並べるゆとりはまず無い。国民にそして世界に責任をもてる「首都の確立」を望みたい。

ン・ン　困ったもんだ

三十~四十年前のAさんの会話

オイ、トンズラシテ遊びに行こうぜ、学校なんてカッタルイだけジャン
イカすロカビリーでも聴きに行こうぜ
アン、なに、ウッセーな、プレスリーよりビートルズがナウイだとー
ガタガタヌカシヤガンじゃねーよ
だったら、ツッパッテ、グゥレてやるぜ

現在のAさんの発言

今の若いもんは、何を言っとるんだかさっぱりわからん
日本語が乱れとる、けしからん
困ったもんだ
・・・・・・・・？

学校教師への質問

あなたの職業はなんですか？
・・私は先生をしてます・・（先生とは第三者から見て尊敬できて、且つ教えを請うのにふさわしい人物）・・『えっ自分を先生だって』
何人家族ですか？
・・私のご家族はご主人様とお子様の三人です・・『こうなるね』

医者の本音

先生、熱があって具合が悪いんです
・・風邪ですね、暖かくしていればひきませんよ・・(風邪のウイルス暖かい所大好きなのよ、厚着と暖房はウイルスへのご褒美とチャウ)?
ところで・・・・・
『患者が来ないのう、神棚の風邪の神様に流行祈願でもせんといかんかな、こりゃー』ナ、ナ、ナント・・

何が本当、風邪の予防と治療

「暖かくしていないと風邪をひくよ」「風邪をひいたら暖かくしていなさい」この言葉に疑問を持つ者など誰もいないだろう。いや、いなくなってしまったと言ったほうが正確かも知れない。一昔前までは真冬でも風邪の予防と健康維持の為、寒風摩擦などと称して、朝の一番寒い時間帯に上半身裸で運動していたものである。それが今では当然の如く「暖めるのが健康の美学？」になっている。暖める事が医学上正しければ何も言うことはないのだが・・・しかし、である。

つい先日、ＮＨＫのテレビ番組で世界の子供達がどのように育てられているかというのがあった。この中で幼児の「お昼寝」に関して、北欧では最も寒い冬場、氷点下十度以下になると、何と極寒の屋外で数時間の昼寝をさせているのだそうだ。子供は風邪をひくどころか、体温調節機能が発達し益々健康になるのだと言う。これに驚いたの日本人だけではなかったので、決して一般化していないのは確かな様だが。しかし「子供が風邪で熱を出したら先ず何をするか」の質問には、各国一様に「全身を冷やす、水風呂に入れる」との答である。さらに登場した日本人医師も否定する所か、体温を下げる意味で体温より二度位低いぬるま湯に漬けるのが最も効果的とする医学的な所見を述べている。では我々が日常的にしている風邪の予防と治癒法はいったい何なのか、どうしてなのか、を考え直さなくてはならない。

周知の通り風邪のウィルスは氷点下では繁殖しない。北極圏等で風邪をひかないのは、そのためである。ならば寒い冬場に風邪が流行するのは何故か？ 素人的に発想すれば、冬場は動物連鎖として渡り鳥から家畜を通し、人体に感染し易い時期的な要因に加えて、冬期の乾燥が感染に適しているのと、暖房であろう。ウィルスだって暖かい所を好む。暖房の効いた室内と厚着で覆われた人体は繁殖に適した天国なのだ。全てに冷やす事が万能だとは言わないし、状況によっては暖める必要もあるだろう。しかしながら、あまりにも「暖める事は良い事だ」主義に傾斜していないだろうか？

私の知人に、如何なる時も暖めている者がいた。冬場の室内はまるでハワイ並み、猛暑の夏でも決してクーラーを使わない、いや無い。理由は聞く迄もなくただ「体に悪いから」である。それ程体をいたわるのなら嘸かし健康と思いきや、常に風邪などで体調を崩し仕事を休んでばかりいる。ある時その知人が車の事故で入院した。怪我は大した事はなかったが、何せ夏の真っ只中「病院は暑くて大変だろうな」と思いつつ見舞いに行き、ドアを開けるや否や鳥肌の立つ冷房中である。それ迄病院とは全く無縁であり、知る由も無かったのだが、これ程迄にクーラーが効いていようとは！ 皆、体が悪いからここに入院している、体に悪いなら冷房など使わないのではないか？ その時の率直な疑問も冷静に考えて見れば、不快感も病の源の一部であり百害でしかない。要するに酷暑に耐える方が遥かに体に悪いのであって、クーラーが有るのなら使った方がより健康的だと言う証明に他ならない。日本の夏は南国の海洋性気候と違い、とにかく蒸し暑く不健康的なのだ。この入院を境に、知人の家には遅れ馳せながらクーラーが入り、今では夏バテもせず、無論風邪で休む事もなくなった。

日本人の「暖め主義」は日本の文化、いわゆる「温泉」好きが原点かも知れない。神経痛、リュウマチ、打ち身、捻挫から骨折等など、中には冷やした方が良いにも拘らず温め続けている。又、医師側にも一貫性が無い。一方では「温めろ」もう一方では「冷やせ」の見解相違も混乱の基だ。かつて、親類が痛む足の治療に医者から温療法を施された結果、骨膜炎を引き起こし、別の病院に長期入院を余儀なくされ、毎日氷で患部を冷やしていたのを思い出す。温めさせた医者にも不信感を抱くが、「暖は善」「冷は悪」と思い込んでいる日本人全体の健康思考が根底にある。

特に風邪の症状に関してであるが、前述の如く冷やす効用を認識しているのにも拘らず「暖まって寝なさい」「風呂は控えた方が良いでしょう」が医者側の主な指示であり、風邪の治癒に対して医学的に逆行しているように思えて仕方がない。

医者は特権階級であり、多くの生命を救い人々から崇拝されてきた。しかし数的な増加と体制の変革は、一方で危機的な経営をも生み出し、中でも激しい競合にさらされる中小、個人医は更に厳しく、収入の中に占める風邪の治療費の割合が、台所を支えているのも事実である。言わば風邪の患者は治療商店にとっての、屋台骨を支える「売れ筋商品」なのである。この売れ筋商品を逃さない為に、予防にも、早期治癒にも消極的と言うことは無いと思うが、いずれにしても何故なのか知りたいものだ。

近未来実話　さよならニッポン人

きん　・あら、みどりちゃんじゃない、しばらくね。
みどり・あーら、きんちゃん、ご無沙汰してます。
きん　・みどりちゃん相変わらず若いわね、いくつになったの？
みどり・百二歳よ、いゃんなっちゃうわ。
きん　・羨ましいなー、わたしゃなんて百八歳よ、どう、仕事頑張ってる？
みどり・ウーン、社会保険制度は既に崩壊しちゃったし、老後の貯えのために頑張ってるんだけど、うちの会社ずっと年上のお局様が多いのよね、いゃんなっちゃう。
きん　・なにを年寄みたいな事言ってるのよ、まだまだ女盛りじゃない。結婚しないの？　だれかいい人いるんでしょう。

みどり・あたしね、七十から八十位年下の男性が理想なんだけど、いないわねーほんと。この前なんか、言い寄って来る男がいたんで歳を聞いたの〜、そしたら「わしはまだ六十代」だって、馬鹿にしないでよねー。チョ〜むかついて、鏡でも贈ってあげようと思ったわよ。

きん　・そりゃー無理よ、わたしゃの亭主だって、わたしゃよりたったの四十歳年下のじじいなんだから。

みどり・どこかに若ーい男いないかしら、しばらく見てないような気がするわ。

きん　・そう、そう、隣町で赤ちゃんが生まれたんだって、大騒ぎよ。

みどり・えっウッソー、マジ、マジ?

きん　・勿論マジよ。確か中国から来て、手広く福祉事業を手懸けている夫婦の子供らしいわよ。可愛い赤ちゃんで、確か名前は優優というんだって。

みどり・赤ちゃんが生まれたなんて三十年ぶりじゃない、きっとマブイわね。見に行こうよ、行こう。

この年を最後に日本の出生数はゼロとなり、残された日本人は国際希少動物保護条令に基づき天然記念物（人）として手厚く保護される事になりました。

少子化問題への提言

二〇〇〇年、当初危惧されていたような事態はなにも起こらず、平成大不況の最中それなりに平和を満喫している日本人、しかし次のミレニアム、所謂紀元三〇〇〇年にはこの地球上から完全に消失しているかも知れない。これはSFの話ではない。確実に迫ってきている。それも危機的な状態で！

昭和二十年代前半、一年間の出生者数は二百五十万人を越える、そう第一次ベビーブームだ。子供が五人などざらで、貧しい中でよくもまあ生活できたものだと、今更ながら感心するのだが、その後の高度経済成長がこうした状況を一変していく事になる。

人は誰しも豊かさを求める。これは疑うべくもない当然の論理である。しかし豊かな社会を追い求めるあまり、欧米が長い年月をかけて築きあげた社会を、この日本では昭和三十〜四十年代のたった十幾年で築きあげた。それも背伸びした見せ掛けの豊かさをである。「他人と同じ豊かさを自分も享受したい」と貧しい者は思い、富める者は「更に豊かに」と思うのは当然のことかもしれない。そして「己の人生が自由且つ快楽でありたい」と思うようになるのも摂理である。しかしながら日本のそれはあまりにも短すぎた。欧米のように徐々に進歩したのであれば、将来を予測しつつ対策を講じていく事が出来たのだろうが、日本のそれは予測を遥かに越える速度で突き進んでいる。既に時遅し！　打つ手はもうないのだろうか？

周知の通り今、平成の大不況真っ只中である。「既に底は打った、回復途上である」等と御託を並べる諸氏がいる中、一向に出口が見えない。失業率は最悪、世界に反して株価は低迷、良い兆しが何処に有ると言うのか？　人は言う「バブル崩壊の影響が長期に渡っているのだ」と。確かに主因で有ることは認めよう。しかし、本当にそれだけなのか真剣に考えて欲しい。経済の基盤は先ず「確固たる消費者有りき」である。輸出規制の厳しい今日、内需は経済の根幹である。この内需を支える消費者が、どこにどれだけいるのかという実態を考えて欲しい。福祉、環境事業などはあくまで一過性の物だ。増え続ける高齢者を対象とするにも、財源と介護者の枯渇は時間の問題であり、環境事業は愚かな過去への清算作業に過ぎない。今をときめくIT産業にしても、何れ、諸規制と各国の追い上げによる過当競争は不可避である。行き着く処、内需、しかも膨らみ続ける内需である。日本の何処にこれが有るだろうか？　この先数年は、増加する高齢者によって人口は維持しよう。だが現実に高齢者は車を買わないし、インターネットもしない。対象となる消費者は既に激減し、基幹産業の多くを増長しながら蝕み続けている。

内需の拡大は、一人当たりの支出の拡大でもある。最も効果的なのは、総人口の適性増加下における一人当たりの支出の拡大である。総人口の停滞下では期待する効果は得られず、減少状態下では臨終の患者（国）にすぎない。

病める日本を治癒するには、一にも二にも人口の維持、適性増加を置いて他には無い。解決策はただ二つである。一つは、移民法の改正による外国人の早期受け入れであるが、これがなかなか難しい。何故ならば、日本人の閉鎖的思考が最大の障害であり、優秀な技術者ですら、「言葉の壁が有る」等と排他的、非現実的に考える変人が多い以上、移民法の改正などいつになったら施行されるのかわからないし、最早手遅れでもある。

もう一つは出生率の早期向上である。それも、これ迄に出されているような、「育児と仕事が両立出来る環境」など当たり前の事であり、大きな効果は望むべくもない。最も効果的なのは第三子からの児童手当ての支給である。それも今日迄のような微々たる額ではなく、「最低でも月十万円、年間で百二十万円の支給」である。「財源はどうするんだ」と悩むかも知れない。しかし考えてほしい。日本の出産可能人口から見て、年間最大限で三八万人の支給である。即ち〈従来の第三子以降の出生数十八万人〈次頁表参照、一九九七年実数に基づく〉+二十万人〈増加分〉〉×百二十万円＝四千五百六十億円／年間支出であり、義務教育終了時まで支給すると仮定して、年間出生率の多少の増加を見込んでも、四千五百六十億円×十五年＝約六兆八千億円＋α／最終年間支出である。・・効果疑問符の減税や商品券の配布などより、どれだけ効果が有ることか！　三百万人〈二十万人〈増加分〉×十五年〉以上の消費者の誕生でもあり、少なくとも年間の経済効果は十兆円を下る事はない。これが「第三子を育て得る」最低条件の額であり、結果として人口の減少に歯止めをかける事ができる。

（参）一九九七年　出生順位別数

出生総数	1,191,681
第一子	571,621
第二子	437,124
第三子	150,256
第四子	25,845
第五子〜	6,835

「そんな大金を出すのは不謹慎」とおっしゃる方に問いたい。では他に如何なる方法が有るのか？　このままの出生率では七百年後に、特殊出生率が一・〇まで低下してしまうと六百年後に、このまま出生率が低下しつづけていくと四百数十年後にも、日本列島から日本人が消える事になるのだ。

その時、国際稀少動物保護条令に基づき天然記念物（人）として「日本人」が手厚く保護されていれば良いのだが・・・

やめ〜まくん　ものがたり

これは狸の「やめ魔」くんのお話です。な〜んでもヤメロで、いつも人を困らせています。お友達がどこかへ遊びに行こうとすると「ヤメロ、ヤメチャエ」、勉強していると「そんなのヤメロ、ヤメロ、ヤメチャエヨ」です。

いつしか、やめ魔くんも大人になりました。しかし、このヤメロ癖は一向に治りません。それどころか益々ひどくなりました。お友達が受験のときも、就職のときも「そんな所へ入るのヤメロ、ヤメチャエヨ、ヤメロヨ」とその勢いは留まるところを知りません。

ある秋の祝日、お友達の結婚式が行なわれました。何と、やめ魔くんが友人代表としてスピーチする事になり、さあ大変。「ヤメロ、別れろ、ヤメチャエ、ヤメロヨ」の独演会です。結婚式はメチャクチャ。可哀相な新郎、新婦、この日を以て別れてしまいました。

それからしばらくの月日が経ちました。やめ魔くんの家では、奥さんが奥さんを辞め、一人息子のやめ太君は男を辞め、女性として立派に生きています。やめ魔くんは相変わらずのサラリーマンですが、何せ不況の世の中、やめ魔くんの会社も厳しいリストラの真っ只中です。やめ魔くんにも「辞めろ」の厳しいご沙汰が！　しかし、さすがのやめ魔くん、ここは得意の、「ヤメロ、ヤメチャエ、そんな事言うのヤメロヨ、ヤメロ」で見事に切り抜けました。しかしそれも束の間、やめ魔くんにとって重大な事件が起こったのです。

ある時、やめ魔くんが初めて買った宝くじ、その中の一枚が大当たり。びっくり仰天のやめ魔くんは、一目散で最寄りの狸銀行へ走りました。銀行へ着くなり当たりくじを窓口に出すと、すかさずに「ヤメチャエ、ヤメロヨ」、訳が解らず銀行員もただおろおろするばかり。やっとの事でお金が目の前に差し出されました。銀行員は「全額お持ち帰りになりますか？」と尋ねました。するとやはり「ヤメチャエヨ、ヤメロ」です。「じゃあ定期預金ですね有難うございます」と銀行員が聞き返すと、またまた「ヤメロ、ヤメロヨ」です。銀行員は更にこう尋ねました。「もしかして全額ご寄付なさるのでしょうか？」と。

やめ魔くんは大金を前にして、自分でも何が何だかわかりません。「とんでもない」と言うべきところ、緊張のあまり「ヤメッ、ナイッ」と言ってしまったのです。　トホホッ

結局は大金をふいにしてしまいましたが、恵まれない人へ寄付した事で世間から見直されたやめ魔くん。その後も「ヤメロ、ヤメロヨ、ヤメチャエヨ、ヤメロ」で数々の苦難を乗り越え、長〜〜〜〜生きをしているそうです。

それぞれの人生

ある朝の満員電車、いつもの事ながら身動きがとれない。今日もベルトコンベアーの上

に乗せられた小さな箱は、人間という部品を満載して、それぞれの生産現場へと運ばれて行く。

同じ、ゴトン、ゴトンという音も休日や旅先で聞くそれとは違って耳障りだ。誰かが苛立っているのか、大きな声がする。人垣の隙間から見ると、気の弱そうな学生風の青年が、何やら未だ酔いの覚めない「やから」に絡まれている。何も反論せず黙っているのをいい事に、そのやから、ますます大声で怒鳴りだした。するとどうだろう、まわりにいた乗客（失礼、部品）の何人かから『外でやれよ』のシュプレヒコールである。これは「明日は我が身」ではなく、「過去も我が身」の諸氏も多いのではないだろうか。そもそも、もめ事の原因は一方が加害者でもう一方が被害者だ。狭い箱の中では逃げる事も出来ない。しかも周囲まで敵陣では如何ともしがたい。

しばらくして、酔いどれ悪魔はご帰宅（下車）した様子。すると今度は若い女性の声で「降りまーす、スミマセーン」の声が！・・またまた・何人かから、今度は「降ろしてやれよ」のコール。コールマンの内の一人は、何と先程の「外でやれよ」の立派な御仁ではないか。「降ろしてやれよ」とは嘸かし自分を誉めてあげたい心境だろうが、発した位置が悪い。当の本人、出口の手摺りに必死につかまって「すっぽん」と化している。実に見上げた立派な御仁である。

若い女性には何の罪も無いのだが、結局この駅では、この女性を降ろすために出口の十数人が押し出され、この人達の大半は、ホームで既に待っていた乗客との過当競争に敗れ、「見送りの民」となっていった。ちなみに、悲しいかな、かの青年もこの民の中にである。

こうした光景は日常化しており、驚くに値しないが、知らずして誰もが、加・被害者となっている。ただ、あまりにも日常化し過ぎているために気付いていないだけだ。

同様なケースはまだまだ多い。人は己れの保身に走る。それも人（他人）を盾にしてもである。そして又、人は人（他人）の栄華を認めない。いや、認めたくないと言うのが正直なところか。自分の栄華は「地位、名誉、金」として、金有る者はその金で地位と名誉を欲し、地位と名誉有る者はその力で金の集積を計る。認めたくない筈の人（他人）の栄華には素顔を仮面で覆い、邪心のみで平然と接し己れの利得を計るが、嫉みからか本心は失墜を期待する。しかも当人はこの本性に気付いていないから恐ろしい。

人の持つ「悲しい性」‥勝者には手先だけの拍手をし、敗者へは心の中で拍手をする‥もしも、あなたが（宝くじ、ギャンブルなどで）一夜にして大金を手にすれば、身内以外でどこの誰が喜ぶだろう。組織内の職務で一人勝ちでの場合でも然りである。

これは「競争社会の宿命として当然」と片付けられがちだが、根は深い。何故ならば、第三者として勝負を堪能できる者へは、陶酔と祝福、そして又、虚脱感まで共有できるのだが、身近な集団にあっては全方位に対峙するが如く、内面で完全に敵対視している。これも地位、名誉、金が人の価値を制するがためか、もしくは動物的本能の宿命なのか。

様々な世界には、必ず「あの人は善い人だ」と誰もが認める人がいる。しかし残念ながら金持ちは少なく、地位の有る人は尚少ない。例えれば職場や町内会での、お人好しや世話役であって、常に人の為に我が身を削っている「便利屋さん」だ。

欲の亡者で、敵の砲弾の嵐を掻い潜りつつ栄華を得るも人生。人の為に盾になり、善人として生涯を全うするのも、また人生。まあ、これが人が人たる由縁か。

ブーコの夢

かつて、遥か南の彼方に、それはそれは広大な島があったそうです。そこには、トン・デ・ブーコと言う名前の、丸々と太った可愛らしい子豚がいました。ブーコの願いは、ともかく大きくなることです。食っちゃ寝、食っちゃ寝の毎日、ブーコは見る見る大きくなっていきました。

ある時、ブーコが山の中を歩いていると、目の前に狼が現われました。狼は狩りをしている様子です。その俊敏な動きに驚いたブーコは「狼さん、どうしたらそんなに素早く走れるの」と尋ねました。

狼は答えました。「それは努力と節制じゃよ、努力と節制はこのように美しく見事な肉体を造る。どうじゃ羨ましいかね、ガッハッハッ」と。さらに続けて「君に必要なのはダイエットじゃ、先ずそれから始める事じゃな」と言いました。

ブーコは思ったのです。「そうか『大』エットか！　もっともっと太ればいいのか」と。豚の世界では、太っている事が美しさの証明でもあるのです。

それからしばらくの後、世界は氷河期から温暖化へ。海面は上昇し、島は水の中へと沈んで行く事に。仲間たちは事前に逃げ出したのですが、ブーコだけは大きさゆえに身動きがとれません。とうとうひとりぼっちで取り残されてしまいました。

←

ここは太平洋の真っ青な海の中。白く丸い何かが大波小波の間を行ったり来たり。そうなんです、脂肪たっぷりのブーコの体は格好の浮袋なのです。

ゆーらりゆらりと長い月日が経ちました。何せ海は魚の宝庫です。海の幸をたらふく食べたブーコの体は、益々大きくなっていました。

そして、やっとの事で北の大地へ到着。今では名前もトドッコに変わり、海辺でうとうとと、楽しかった豚の頃の夢を毎日見ています。

恐育と奉食

「寝ない子は育つ」と聞けば「えっ何かの間違いでは」と思うに違いない。しかし事実である。ひよこは、その成長を促す為に、夜通しで明かりをともされ、せっせと餌を突いている。人も又、同じだ。それは、文明社会が夜の静寂を奪い、日々進歩しているからだけではない。人本体にも当てはまるらしい。

人は、見て、聞いて、触ってなど五感の蓄積が「知」を育てる。年中、親の都合で眠らされていた乳幼児に比べ、五感活用の時間が長い方が、より知恵が付くのだと言う。ドイツ生まれの、かの天才のように、幼少の頃より知の収集に追われ、三時間以上寝た記憶がないという凄者もいるが、これは例外としても今の世の中を象徴しているようである。

胎教もそうだ。母体の中までも押し寄せる情緒教育。生命として宿った時から過当競争の渦中にある現実。近い将来「起こしているが勝ち」として、乳幼児を寝させない「恐育ママ」が増えるかも知れない。

一方で「育ち過ぎ」も大きな問題になっている。それは縦にではなく横にであるが！これまで長い間「三度の食事が健康の源」として、バイブルの如く受け継がれてきた。それは全体が貧しく、一食当たりの栄養摂取量が限られた時代には不可欠の要素であり、否定するものは何もない。それが今では「飽食の時代」とよばれる過食の時代である。つまり、今日における三食は危害食とも言えるのである。

特に、朝食の必要性が叫ばれているが、朝早くから空腹で我慢できない者など誰もいないだろう。どちらかというと「食欲がない」のが普通である。にも拘らず「食べないと体に悪い」一念で食べる。決して食べる事がいけないのではない。要は中身の問題である。

朝は軽くと、食パン二切れ（バター、チーズ又はジャム）卵焼き一個、牛乳二百ｃｃだけで、約五百キロカロリー超である。そして昼。昼も同様、朝食から間もない為、空腹感はそれ程ない。順法のように「昼だから・人が食べるから・決まりだから」と食事。昼食は、職場のランチでも六百～八百キロカロリーと仮定すると、人によっては既に朝と昼の食事のみで、一昔前やっとの思いで取得した三食分のカロリーを超える。しかも本番はこれから。動きは体力を消耗させ食欲をそそる。午後三時頃の間食、そして空腹は夕刻以降に絶頂期を迎える。夕食は最も欲する（食が進む）食事であり、ややもすると千キロカロリーを超えてしまう。もしも、途中で一杯という事にでもなれば、一日の摂取量は悠に三千～四千キロカロリーに達し、さながら家庭内で畜産業を営んでいるかのようだ。

そして翌朝、またまた「朝食を抜くと体に悪い」と呪文を唱えつつ、善行？を繰り返す。断食を推奨するのではないが、これだけ飽食の中で継続は何をもたらすのか。肥満、病は言うに及ばず、死神の「追っ掛け」に夢中になっているに過ぎない。

「食を抜くと体に悪い」は貧食時代の産物であり、程々に調整する意味でも「食抜き」は必要である。「宗教上の断食」が心身ともに健康をもたらす事が有るように、定期的な「アルコール抜き」が健康を促進するように、自己管理の上でも減（抜）食効果は大きい。

ちなみに、「長寿大国」を支えているのは今の高齢者であるが、この方々のかつてのカロリー摂取量は、一日千四百～千五百キロカロリーだった。而も、やっとの思いで、である。

一説によると、二十歳以下の日本人の平均余命は五十歳だという。厚生省のそれとは相反した見解で興味深いのだが、果たしてどちらが正しいのやら。原因としてはやはり、栄養過多による成人病の激増をあげている。

過食症もあれば、拒食症もあり。いずれも一途な「奉食」が招いた天罰なのかも！

とまらない時計

　チックタックチックタック〜〜
おい、おい、チックタックなんて変な音だして、今どき流行らないぞ。
それに、のんびりとぶらさがって、行ったり来たりしてる丸い物は何だい。
針は歪んでいるし、しかも秒針がない。
アレアレ、こんなに遅れてしまって、本当に役立たずなんだから。
電子時計達はコチコチコチ〜〜て静かに動いて、しかも正確なんだぞ。
君も少しは見習ったらどうなんだ。
　ヴォーン・ヴォーン・ヴォーン〜

あービックリしたな、もおー・・・突然に！
悔しいからって、そんな大声を出さなくてもいいじゃないか。
エッ、違うの！　三時の挨拶だって、笑っちゃうなあ。
そんな事しなくたって見ればわかるじゃないか。
どうしても挨拶したいんだったら、チャイムにすればいいんだよ。
もしかして、君って仲間外れになってるんじゃないの。

　チックタックチックタック〜〜

またまた、そんな音だして、直ぐに止めなさいよ。
どんどん世間から取り残されて、誰からも相手にされなくなるぞ。
アーア、君を相手にしてたら、疲れて眠くなってきたよ。
コチ・コ・チ・コ・・チ・・・コ・・・・チ・・・・・ス——

∭電池切れ∭

♪　ヴォーン・ヴォーン・ヴォーン・ヴォーン・ヴォーン　♪

さあ五時だ、帰るとするか！
なんだ、止まってるじゃないか、この時計。
オーイ誰か、これ捨てといてくれー、使えんなーこれは。

文明は退化する

だいぶ古い話であるが、太平洋に浮かぶ小さな国の親善大使として、数人の子供たちがやって来た。新幹線に乗った子供たち、そのスピードに驚いたのは言うまでもないが、その子供たちの率直な疑問にもまた驚かされた。疑問とは、「東京から大阪まで普通列車だと八時間も乗っていられるのに、たった三時間しか乗っていない新幹線の方がどうして料金が高いのか」という事である。懸命に説明したのだが、徒労に終わったらしい。その添乗員の嘆きが目に浮かぶ。

ナイル川流域にそばだつピラミッド。現代技術を以てしても膨大な人、金、器材が必要とされる。それを人の力のみで築き上げた壮大なスケール、彼らにとって時間とは何だったのか？　ローマにおける古代建造物。石で積み上げられた巨大な柱、この上に置かれた数十トンにも及ぶ天井部分はどうやって積み上げられたのか？　また日本でも、穀倉地帯の作物は川を下って江戸まで運んだというが、想像し得る大きな船をどのようにして上流へ戻したのか？　五体は科学技術をも超えた秘めたる力を発揮している。

もしも、不慮の災害で現代文明の機能が突然停止したならばどうなるだろう。九九%の同志は電気を起こす事さえ出来ない。出来たとしても照明など一部の機能のみで、それも照明器具が有る事が前提であり、通信機器などは粗大ゴミでしかない。

現代社会がいくら進歩したとはいえ、それは分業化された技術の集合体であり、個人では何もできない。多くの我々は、ただのそれを使うだけの消費者であり、見返りのない利益供与団体の一員のようなものだ。

進歩は基礎原理の伝承を剥奪し、効率を優先して分業化を促進する。例えれば、数学、物理。迅速な答えのみを求め、過程を問わない。円周率は、単に計算がしやすいようにと三・一四から三・〇となる。考力は歴然と劣化するが、正解（怪）は人格を司る鏡として崇め奉られる。

今の社会は危険且つ不安定で、そして又、住みよい不思議なパラドクスに満ちている。一部門の僅かな欠損（品）でも全体の機能を停止しかねない恐ろしい状況の中で、細分化は更に進み、益々全体の把握を困難にさせている。

社会は本当に進歩しているのだろうか。もしや、総合力だけの進歩であって、個々では古代文明社会よりも退化しているのではなかろうか。

新たな発掘が相次ぐ古代遺蹟。説き明かされる真実は、これまでの歴史を覆し続ける。巨大建造物、木工技術、治水そして潅漑、航海術から天文学に至るまで。それらは祈祷師的発想ではなく、驚嘆するほど正確である。コンピューター社会での機器解析ではなく、人の知だけで成せる業ならば、そこには我らの及びもつかない高等な学識が存在する。ひょっとすると、医学、航空学までも??

もし、現代人が古代へ旅だったらどんな結末をむかえるだろうか。既製品のみを当然の如くに購入し、自らは供与された物の操作に振り回される慟き日々。食料はスーパーで採れ、水はペットボトルに入って工場でできるものだけとする実態。あまりの技能的無知と文化的偏見から「可哀相に、何も知らないで」と同情されるだけならまだしも、たぶん、「未発達の原始人」として迫害に遭うかもしれない。

名君になった小殿様

ある山の頂に、小さなお城がありました。この城には、じっとしているのが大嫌いなお殿様がいました。このお殿様、毎日のように城を抜け出しては、いつも真っ黒どろんこで遊んでいます。（えっ、どうしてかって、何せ天下太平の世の中、この子《殿》はまだ八歳だし、行儀作法の稽古ぐらいしかする事がないんだよね、きっと）

その汚れ具合から、まさか殿様だとは誰も気付きません。本人も、そんなこと一切かまわず無邪気そのものです。

以前は城内総出で探したのですが、泥まみれは格好の鎧、どこで何をしているのやら分からずに、今では完全に諦めてしまい探す事もなくなりました。

それから何年かが経ちました。事態は急変、西の国では戦が始まり、この地方は歴史的な大飢饉です。厳しい藩財政の中、引き上げられた幕府への献上金と、それを支える「年貢は枯渇」の八方塞がりは、若い殿様を（若いって何歳？　知らないよ～そんなの）窮地に追い込んでいきました。

でも、さすがは殿様（し――ん）遊びに出る事だけは辞めません。（おやおや）

しかし、村を覆いつくした飢饉は、仕事（農作業じゃないの）を奪い、子供は皆、奉公へ出され、遊び相手などいないのです。

殿様は考えました。そして村人を集めて言いました。

「村が大変なのは良く分かる。でもこのままじゃ大勢のこどもが（殿様じゃな～い）可哀相！　この際、年貢の代わりに子供達をこの城に差し出しなさい」と。

村人は、あまりにも唐突なお達しにびっくり仰天。しかし、苦労奉公よりもお城勤め、こんなに素晴らしい名誉はありません。直ぐに子供達を呼び戻し、お城へ参上させました。

さあ、もう大大大変、殿様も顔見知りなんで屁のカッパ、ギャー、コラー、の大騒ぎです。年貢はいらないし、子供は遊んで元気を取り戻す。村人には良い事ずくめ。飢饉の苦しみも緩和され、村自体も活気付いて来たではありませんか。

打ち拉がれていた村人は、恩人の殿様のために一生懸命です。ある者は冷害に強い作物の栽培に努め、又ある者は民芸品を作って売り出すなど、必死の村おこしに奔走し、大飢饉を克服してしまったのです。

（フー良かったー）

いつしか、将軍様へも美談として伝わり、大感激の時の将軍（誰だっけ？　知るかい）から「藩主の模範」として讃えられ、永久に語り継がれたそうです。

・・・（本当かなー、でもいいや、童話だし）・・・

今、政治に何を求めるか

世相とは不思議なものだ。常に「正道」を覆す。水は高い所から低い所へ流れるが、高低が逆転すれば水の流れも変わるように。

日本経済が類を見ない成功を収めると、日本式経営を見習えとばかりに持てはやし、その「秘訣」を追って、日増しに大きく取り上げるメディア。書物は氾濫。日本人は「してやったり、得意満面」で、それまでの謙虚を傲慢へと変える。文化や慣習までも「正義」として振る舞い、外国までもが渋々と肯定する。～そして季節は冬へ。

これ迄の経済、経営手法は尽く否定され、慣習そのものにも「魔の手」が及ぶ。善し悪しはともかく、終身雇用、年功序列などは既に崩壊し、長年培われた企業は家、社員は家族とする「経営家族主義」は離散家族と化す。変革は国民を未知なる恐怖へ導いて行く。

確かに恐ろしい実態ではあるが、決して初めてのケースではない。明治維新、敗戦などは現在にも勝る大変革期であったのだ。人として学んだ根源にまで求められた変化は、大衆にとって、どれ程辛く悲しい日々だったことか。それに比べれば、現実の変化などは極く些細でしかないにも拘らず、体制、政策の総てが誤りであったかのように改善（悪）しようとしている。

最近論じられるものに、機構、制度の改革がある。省庁の統廃合や選挙制度の見直しなどは、当然の事で否定すべき余地はない。だが、理に適った制度まで排除しようとする現実の数々、明治維新や終戦後の如くの欧米型崇拝主義、そして、それを相変わらず否定しない「ハイ（拝）人」（イエスマンの更なる進化型、何事にも「ごもっとも」人間）の増加は、世直しを一層困難にしている。

道州制もそのひとつである。また「アメリカがそうだから」には〈うんざり〉する。制度には機能と非機能が伴う。米国は、歴史的背景と広大な国土、そして多民族国家の抱える様々な問題、州的機能と権限の果たす役割は大きい。しかし日本は、狭い国土、民族の類似性、行政機能の利便性の相違など根本が違う。又、県都が辛うじて、東京一極集中に一矢を報いている現実。仮に、中国州が誕生し、むろん州都を広島市とするならば、広島の機能強化の反面、その従属と化し弱体化を余儀なくされる他県と県都。理想は輝ける未来をも奪ってしまう。

ＦＢＩと州警察。日本のそれとは形態と権限がかなり違う。米国の関係者が日本の交番制度を絶賛し、今では交番ではなく「コーバン」として認知されたのは記憶に新しい。もしも、米国の機構をそっくり模しただけなら、この日本は、手に負えない犯罪の巣窟になっていたかも知れない。

何でも、「進んだ国の手法は正しい」とする誤認。そして、利権のためなら頑として変えようとしない誤り。その最たるは世襲の政治。一国一城の主人として君臨し、私利私欲を放棄してはならじと、血族のみで踏襲を計る。選挙は、崇拝する藩主を信任するだけの儀式に成り下がり、継続は力とばかりに益々増長する。こうした悪代官（名）制度こそ改革すべきではないのか。だからといって、世襲議員が総て駄目という訳ではない。優秀な政治家は子息へも影響を与え、優れた思考を継承し得る。ならば地盤を引き継がずとも理念は全う出来る筈であり、親の威光を捨て、別天地から本懐を遂げる位の信念が欲しいものだ。

来る、二十一世紀、アジアは空前の転換期を迎える。中国とインド、合わせて二十三億人は無限の可能性を秘める。日出ずる国は沈み、人類の半数を有する巨大市場は、世界中の産業界の寵愛を一身に集めて超大国へ邁進するだろう。その後、統合されたアジア経済は世界を席巻し、卓越した力は国境をもボーダレスにする可能性すらある。

民族資本は衰退一途の国内を見切り、海外シフトを加速させる。目を覆うばかりの空洞化と虚脱感は日本再生を困難にし、国家存亡の危機に追い込むかも知れない。

これは想像ではない。確実に起こり得るシナリオなのだ。忍び寄る悪夢。悪夢を夢として終わらせるための切札は、強い政治力しかない。健全な政治は健全な社会を実現できる。

今こそ、己れだけの為の政治、地盤を守るだけの世襲から脱皮して、日本の将来を憂い、健全な社会へ導く事のできる人物を待望する。言い換えれば、政治家にとってこれ程やりがいのある時代はない。口先だけで「命をかける」と言うのではなく、「命の限りを尽くして国と民を守る為に戦う」志を持った『「世」治家』を切望する。

迎合と追従による解決は我が身を滅ぼす。正道を貫き通してこそ真の政治なり・か

不思議な運動会

今日は動物の国恒例の大運動会です。中でも、四人(?)リレーは最大のイベント。観衆は、今か今かと待遠しくてたまりません。このリレーは、南の国と北の国の二つチームで争われ、もちろん勝った方が優勝です。いつも接戦なのですが、今回は何かが変です。それは南の国のチームが、とんでもないメンバーを揃えてきたからです。

それではメンバーを紹介しましょう。まず南の国からです。

第一走者、百獣の王、ライオン君。第二走者、草原の主、虎君。第三の走者、俊足の帝王ピューマ君。そして第四の走者は、アレアレ、何と巨象君がアンカーとは!

次は北の国のメンバーです。

第一走者、鈍足の名士、牛君。第二走者、いつもゆったりの羊君。第三の走者、潜土艦隊員のモグラ君。期待の第四走者は、し〜ん、南米大陸より特別助っ人のナマケモノ君です。観衆は初めて見るナマケモノ君に釘づけ、大きな拍手が送られました。

さあ始まり、よーい・ドーン★☆★☆

スタートまもなく、ライオン君の豪快な走りは鈍牛君を大きく引き離して、トラ君へバトンタッチ。そしてトラ君も快足を飛ばして差を広げ、羊君の姿はもう見えません。さらに、ピューマ君の並はずれたスピードは、誰が見ても勝負有りの様相です。心配事と言えば、土の中のモグラ君がどこにいるのか分からない事ですが、とてもモグラ君が追い付ける距離ではありません。モグラ君は誰にも見えないのを良い事に、コーナーを斜めに走り、チョッピリ差を詰めたのですが焼け石に水です。

そしてアンカーに。ドスン、ドスン、ドスンとけたたましい足音をたてて爆走する象君には、観衆もただ唖然とするばかり。一方の北の国チーム、呆れる程しばらくして、やっとナマケモノ君へバトンが渡されました。「諦めちゃいけない」と祈るような北の国の応援団の思いをよそに、ナマケモノ君、一向にスタートしません。バトンをおもちゃにして、ただボーッと立ちすくんでいるではありませんか。観衆のイライラもそろそろ限界です。

その頃、長い距離を走るのが苦手な象君は、青息吐息で今にも倒れそうな形相、ついに歩くことさえ出来なくなりました。「今だ、行けー」活気づいた北側の大騒ぎの声援。それでもナマケモノ君、ぜーんぜん動こうとしません。観衆は怒るのを通り越して、チンプンカンプンです。

そのまま刻一刻と時間が過ぎて行きました。相変わらずのナマケモノ君にどこからか拍手がひとつ、ふたつ！　それも、どんどんと大きくなっていくではありませんか。とうとう割れんばかりの拍手が運動場を包みました。

そうなんです。この勝負引き分けなのですが、ナマケモノ君が象君を憂い、わざと勝たなかったのだと思われ、何と何と何と、フェアプレー賞を頂いてしまったのです。
英雄になったナマケモノ君。今日もま～たジャングルの中で、の～んびりと暮らしています。

ルールは平等の上に有る

スポーツ凋落のニッポン。一時の◯◯ニッポンの面影はあまりない。旧ソ連国家群との競合、競技人口の減少など要因は多いが、球技種目はその最たるもので、殆どの種目がアジアでも全く勝てなくなった。だが光明も。国技的な柔道はともかく、陸上、体操の底上げ、そして又、水泳の復権の兆し等である。一時の男子水泳陣、日本記録が女子の世界記録に脅かされる危機もあったが、東側の崩壊が記録を停滞させた為か、近ごろでは何とか逃げ切っている。

一方、国民的スポーツの雄、プロ野球。国際大会が、準代表で激突する五輪だけではその実力を計りようもないが、大リーグは言うに及ばず、キューバや中南米、韓、台、豪州といったところと比較してどうなのかと、興味は尽きない。

そのプロ野球、相も変らず「巨人、巨人」である。巨人が太陽で、五つの惑星と六つの小惑星を従えている如くに。太陽を有するセ・リーグは常に脚光を浴び、千三百万人以上の観客を動員し、片やパ・リーグは営業努力虚しく、辛うじて九百万人に甘んじている。何れも実数を公表するサッカーとは異なり正確性は皆無に近いが、その格差は極めて大きい。プロ野球健全化には、財閥（豊満球団）の「巨人解体」も選択肢であるが、ファン有ってのプロ野球、一頭（誰？）独裁も容認ということか。

米国インディアンスは、春先に年間のチケットを完売するらしいが、確実にそれをも上回る驚異の集客率。巨人は最下位でも満員の観衆を動員し続け、もし首位を独走すれば、巨人だけが当然の満員で、惑星五球団は閑古鳥の飼育に追われる。解決策が有るとすれば、それは巨人以外の五球団が首位争いを繰り広げ、巨人が常敗球団として君臨する事だ。五球団の観客動員は飛躍的にアップし、全球団ほぼ満員の夢の千六百万人台に到達する。某局の視聴率低下、それに伴う広告収入の減収不安も、沸騰するリーグ人気によって完全に払拭され、業績は飛躍的に拡大するだろう。セ・リーグの興隆は相対するパ・リーグにも波及し、熱狂的な大量のファンがフランチャイズの地元に生まれ、巨人との交流試合促進のために土下座外交をする必要など全くなくなる。

また、球場規格の格差を解消出来ないものか。新球場の建設ではなくても、外野の一角を拡張する事なら可能だと思うのだが。統一規格に近いパ・リーグの各球場、バラバラで狭いセ・リーグの球場。凡フライがホームランになってしまうのではプロに求める醍醐味には程遠く、パワーの外国との差が益々広がるばかりである。仮に短距離走者が九十メートルを九秒六台で走り、グリーンの百メートル世界記録を破ったところで、目撃者は興醒め以外に何もないのと同じだ。

邪推であるが、球場の格差がどれだけあるのか、あくまで概略だが次の図を見て頂きたい。

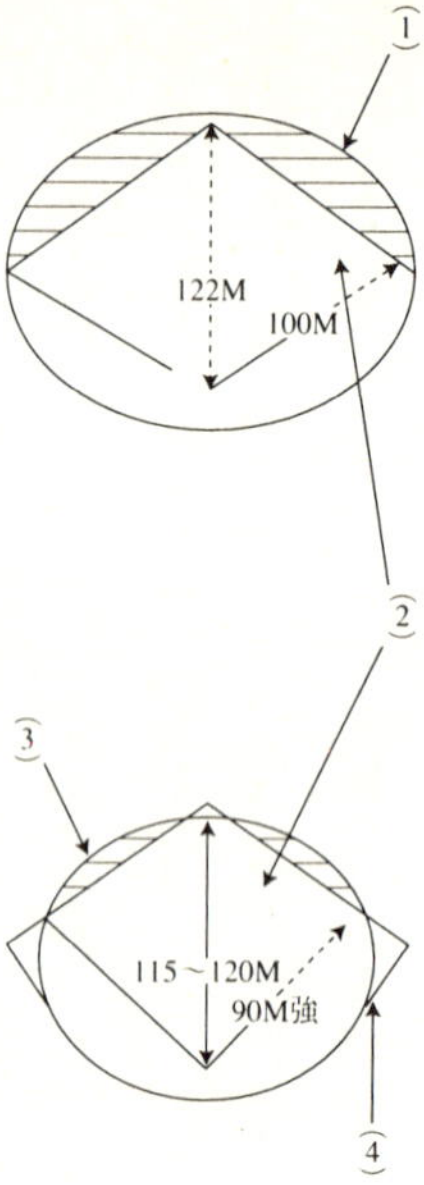

(1)の円形部分はパ・リーグの標準化された球場である。左中間、右中間は大きく膨らんでいる。――福岡、大阪、神戸、西武、千葉――但し神戸、千葉は両翼九九メートル強
(2)の菱型部分は(1)と同様センター一二二メートル、両翼は一〇〇メートルであるが、(1)に比べて膨らみ部分が極端に少ない。これ程ではないが東京ドームも膨らみの少ない球場である。――巨人、日ハム
(3)の円形部分を神宮、広島、横浜とすると、両翼はそれぞれ九一、九一・四、九四メートルでありセンターも一二〇、一一五・八、一一八メートルと非常に狭い。
(4)は参考に(2)と(3)との比較だが、センター一二二メートル、両翼一〇〇メートルの表向きは立派な規格球場でも、膨らみをカットすればホームランの安売りを可能にできる事例であり、何と「広島球場よりも」である。
例外として甲子園は九六×一二〇メートルであるが、変形と大きな膨らみを備えている。

結果、パ・リーグ並みの規格球場は名古屋だけであり、最もルールを重んずる筈のスポーツがこれでは、「フェアプレーは青少年の模範」などとはとても言えない。

ちなみに、かの八五六本塁打は狭い球場の記録だが、十二球場平等に狭い時代であり、紛れもなく平等下の生んだ大記録であろう。

世界と伍して戦える力を養う上でも、真のフェアプレーの発進基地たる意味でも、規格のルールを先ず統一しなくてはならない。ルールは平等の上にのみ有る。

ひまわりくらべ

しゅっしゅっぽっぽ・しゅっしゅっぽっぽ・と蒸気機関車が走るのどかな畔道に、二輪の向日葵が咲いていました。暑い、暑いと汗掻きながら、今日も上を向いて働いていています。この二人（ひまっぺとわりんべ）はいつも仲が悪く、何やらまた言い争っている様子。

ひまっぺ・「俺様はこの世で一番偉い、この大きくて格好いい姿に、昆虫どもが群がってくるのが何よりの証拠だっぺ」

わりんべ・「何を言うか、この世で一番偉いのはわしじゃ。見たまえ、わしが首を振るとお日様までが、わしに従って回ってるべ」

ひまっぺ・「んじゃ、どっらが偉いか昆虫に聞いてみっぺ」

わりんべ・「とんでもない、聞くんならお日様の方だべ」

これではいつまでたっても堂堂巡りです。お互い良い妥協案がないかと考えた末、ひまっぺはお日様に、わりんべが昆虫にと逆に聞いてみることになりました。

その時、ポッポーと大きな汽笛を鳴らして蒸気機関車がやって来ました。あっという間にもくもく煙りに包まれてしまったひまっぺとわりんべ。「ゴホン、ゴホン、なーんにも見えないべっぺ」と闇の中です。真っ黒けで、どっちがどっちなのかとてもわかりません。

昆虫もあまりの煙さに、たまらず逃げて行ってしまいました。

ひまっぺ・「これじゃ話にならん、昆虫がいないんじゃ不公平だっぺ」

わりんべ・「いやいや、それはお日様が見えないわしの方だべ」

と、またまたの始まりです。

言い争いをしばらく続けていると、闇の合間から強い日差しが戻ってきました。するとどうでしょう。ひまっぺとわりんべ、一斉に争いを止め、お日様に向かって挨拶をしているではありませんか。

そして口を揃えて言いました。『一番偉いのは「お日様」だべっぺ』

傷つき　歪んだ社会

人格や行動の変化に対して、「きれる」とか「はまる」とかの言い回しがよく使われるが、この短縮形の表現はいつ頃から一般化したのだろうか。突然の理性崩壊と特定の物事への傾斜、以前はあまり聞かれなかったような気がする。やはり、少年の非行、犯罪の増加や社会激変期の精神的動揺が生んだ時代用語なのか。

そして、中毒。食中毒は別として麻薬（覚醒剤）、アルコール等々を「依存症」と言うやわらかな表現に改めた途端に、蔓延しだした新型依存症の数々。とても数えきれない。

麻薬中毒、アル中の歴史は古い。逃避行動は、抑圧と苦悩からの一時的解放の手段として汚れを選ぶ。対する現代社会のそれは、孤独と疎外感への抵抗であり、快楽への憧れのみで自我を放棄しているようだ。

覚醒剤依存症、アルコール依存症に限らず、「はまる」依存型人間の増殖は止まるところを知らない。多様化するギャンブル、金銭感覚欠如からの借金天国（返済不能など、どこ吹く風で気にしない）、日進月歩のゲーム機とソフト、蓄財背後霊の宗教など、限りがない膨大な受け入れ先が、獲物を狙って待ち構えている。物質だけの文明社会は、財保有の尺度でのみ価値を決定する異文化を創造し、「金、物」絶対主義は、金や物など本来不要な筈の「はまる」行為を異端児として追いやってしまった。

財ほど、いくら有っても困らない物はない。財は精神的な安定剤としても重宝され、欲が欲を呼ぶ強欲族をより多く誕生させるが、その欠如は「はまる」ための根幹を奪い、精神的打撃は捌け口を「きれる」行為に求める。

だが、今日の社会はそれ以上に病んでいる。それは物、金に何ら不自由のない者の「きれる」行為だ。不満のない現実は不満そのものを探求し、そして不満を現実のものとして創り上げる。周囲も、不満の創作に側面支援するかのように振る舞い、創作は紛れもない実写として完成を見る。問題としての深刻さはこちらの方が大きい。

「きれる」は新しい表現ではあるが、決して新しい事実ではない。忠臣蔵も事の発端はこの「きれる」であり、ある国の国会などは「きれる」人種の宝庫であるように、感情の起伏は古今を問わない。大きな違いは、乏しい理由付けとその狂暴性であろう。「不満がない不満」「創られた不満」は犯罪そのものを正当化し、自分だけの快楽は相手を問わない。そこには加害者としての顔ではなく、ゲームに熱中するあどけない顔だけが残る。

年齢のみで異なる処罰。行為の大小を問わずに寛大な措置。「将来ある子供だから」では済まされない。コンピューター社会は予測不可能な犯罪を招く。愉快犯は自宅に居ながら世界を敵にすることも出来る。もし、五十億の民を恐怖のどん底へ落とすことができるとすれば、そこには理由なき罠を仕掛ける能面で覆われた子供の影すら有る。必死に操作を覚えた世代とは違い、コンピューターが唯一の友達として育った世代には、無二の親友を自在に操ることなど容易いことだ。

「はまり」そして「きれる」それも理由なく。導火線の先に有る物を問わない冷酷さ。「自分だけが良ければ」とする身勝手さと、「自分が一番だ」とする傲慢さは老若男女、古今東西を問わないと思うが、感情を除去したＤＮＡで構成された「人型コンピューター」の量産だけは、是が非でも阻止しなくてはならない。

一定の犯罪には、年齢を問わず厳罰主義で望まなければ、更なる恐怖を招く。将来が有るのは子供だけではない。将来は平等に共有するものだ。

ひととき

これはテレビも自動車も何もなかった頃のお話です。

西の空が真っ赤に染まる夕暮、「とおふ〜、とおふはいらんかね〜」と、遠くで物売りの声がします。やがて夕闇も星空へ変わる頃、そこにはもう誰もいません。お腹をすかせた野良犬の「ワオー」と悲しそうに泣く響きだけです。家の中は一家団欒のひととき、今夜もみんな楽しそうにワイワイ、ガヤガヤと。食卓の主役は今日一日の話題なんです。

おじいさんは、野良仕事の報告。お婆さんは、いつも楽しい昔ばなし。子供たちは、学校とお友達の事や、紙芝居の話題で大はしゃぎ。天井裏ではネズミの運動会です。

ピューピュー、ガタンゴトンと風の音が雨戸を揺らしだしました。

先程までの静けさが嘘のように、ピカッ、ゴロゴロゴロ！　雨が激しく降り出すと、さあ大変。今度は、家族全員がバケツとタライに洗面器を持って運動会です。雷雨も直に上がりました。蚊帳の吊られた狭い部屋の中では、それぞれが折り重なるようになって夢路につきました。

「えっ、そんな生活いやだって」
「でもね、ちょっとのぞいてごらん、この幸せそうな寝顔を！」

真実の過疎事情

あれからどのぐらい経つだろうか。夏の真っ盛り、鹿児島から船に揺られて沖永良部島へ渡った時の事である。冷房が有ったかどうかは定かでないが、三等の船内は蒸し暑く、時間が長く感じられた事だけは良く覚えている。

そこは、どこまでも続く青い海と空。同じこの世とは思えないような別天地に迎えられ海辺へ直行すると、至る所に大粒のどす黒い油玉がへばり付き、神聖な砂浜を汚している。聞けば、近くを航行したタンカーが座礁して、大量の重油を流出させたのだと言う。所詮かなづちの身、早々に引き上げて島内を散策することにしたのだが、やはり広い。地図で見る限り豆粒のようだが歩いてみると広いのだ。とても歩ける距離ではない。私を含めて三人、やっとの思いでバス停まで辿り着くともう限界、へたり込んでしまった。確かすぐ前は学校だったろうか、島では中心部の筈だが日に数本のバス、滅多に来るものではない。もう汗も出ない。僅かな木陰でげんなりしていると、その時である。すぐ近くに住むおばちゃんから「これでも飲んで」と冷たいコーラの差し入れが！「美味い」この世にこんな美味い物が有ったとは。当時はまだコーラなど珍しく貴重品だったと思うが、見ず知らずの方に、而もこんな所で助けられようとは。今となっては、この思い出だけが強烈に焼き付いている故か、他の記憶がほとんどない。あの親切なおばさん、今どうしているだろうか。

そして、大都会東京。ここには人情の欠けらもない「陰」の世界が。街中では、人が倒れていようとも雑踏がただ通り過ぎて行くのみ。誰もが、自分だけが生きることで精一杯で、病人と酒に酔って寝ているだけのホームレスとの区別がつかない。

かつてのサミット。サミットとは言っても、今回の沖縄ではなくかなり以前のものだが、ヨーロッパの随行記者が当時の日本の姿を打電した中に興味深い記事がある。それは目覚ましい発展を遂げた日本の姿ではなく、何と「ここは凄い国だ、地下通路に溢れたルンペンまでが新聞を読んでいる。ホームレスにまで教育を施しているとは・・・」である。甚だしい誤解ではあるが、教育を受けられない者がホームレスになるケースの多い低開発国事情からすれば、活字を解し、人一倍の暇を利しての教養の数々など、嘸かし驚いたに違いない。もし、この記者が今日の姿を見たら、今度はどのような事を書くのやら。

一方、ここは都下の某公園の朝。何やら長い行列。誰かがホームレスに食事を配っているようだ。それも自治体ではなく慈善事業らしい。「彼らは自分が悪いのだ、だから放っておけば良いのだ」が大勢を占める中で、実にご苦労な事である。中には借金逃れのために、法定期間を住所不定とするためだけの極楽三昧もいるかも知れない。発電機を持ち込み、衛星放送を見ながらの晩酌、隣では血統書付きペット犬等、一部の「紙の豪邸」には窮状を忘れさせる。しかし、その多くは歪んだ社会の犠牲者であり、目前からの排除だけでは何も解決しない。彼らが美観を乱す加害者とするならば、加害者を生んだのは社会であり、その前に我々なのだ。

これからは益々孤独な人間が増える。それも高齢者ほどその対象となるだろう。すぐ隣の人が病で苦しんでも全く気付かない、気付こうとしない不思議な世界。雑念の修羅場と化す過疎の町、大都会。

「地方に住みたい」が「住めない」、「都会を出たい」が「出られない」現実。

魔物が住むこの街は、誘惑の罠でのみ人々を引き寄せ、金縛りの呪いで離さない。

跳びくらべ

この日は朝からの大雪、一面真っ白な銀世界です。

おやー、冷たい雪の上には可愛らしい足跡がポツ、ポツと続いています。

「おー寒い寒い。雪は嫌いだよ、こんなに寒くちゃ冬眠もできないじゃないか。どこかに暖かい場所はないのかなー」と、ひとりごとを言いながら歩く小熊の「クロちゃん」。どうやら、クロちゃんもこの小さな足跡を見つけたようです。

「この寒いのに誰だろう、足跡だけで姿が見えないなんて、変だなー」

その時です、なにかが跳ねたような気がしましたが、やはり見えません。

今度は近くで音がしました。

「ぴょん、ぴょん、ぴょん」そして「クスクス」と笑い声もです。「おーい、だれだーい」、クロちゃんは大声を出しましたが返事がありません。

クロちゃんは一生懸命考えました。「雪の中で見えないのはなぜだろう」？・？・？

そして、「そうか、わかったぞ、白くまさんだ。白いから見えないんだ」と思いました。すぐに「白くまの『シロちゃーん』」と呼ぼうとしたのですが、そこは、おちゃめなクロちゃんです。わざと「おーい、白うさぎくーん」と言ったのです。

すると・・・「よくわかったわね、クロちゃん」と、やっと返事が帰ってきました。

更にクロちゃんは、仕返しに『シロちゃん？・』を困らせようと、「白うさぎくんて跳ぶの得意だろう？・ だったら、お月さままでどちらが先に飛び乗れるか競争しようよ」と無茶なことを言い出しました。

「クロちゃん、そんなの無理よ。とくに、熊さんにはね」と『シロちゃん?』が言っても聞きません。とうとう、飛び跳ね競争をすることになったのです。

お腹を抱えたクロちゃん「それじゃー、白うさぎくんからだよ」と、もう笑いが止まりません。

笑われっぱなしの『シロちゃん?』、「なぜ、そんなに笑うの!」とばかりに弾みをつけると、↓エイッ↓ぴょ〜ん・

その日は、大きくて丸ーあるい、お月さまが出ていました。

本質を見失った内国人

連休ともなると、人、人そして又、人。〔高速道路、蟻が横目で、ご挨拶〕のようだ。空港も、疎開先を求めて同様である。豊かさの象徴としての余暇活動ならまだしも、なにかが違う。そうだ、この目付き、バーゲンセールに押し寄せる、あの瞬間に似ている。短い時間の中で目的を達成するための覚悟と悲壮感は、疎開ではなく、戦場へ行く戦士の面影さえ漂ってさえいる。

一週間ならまだしも、三～四日の海外の旅。これでは北海道ですら満足に回れない。これで、ヨーロッパ、アメリカなどへ出掛けて行くならば、欧米人がアジア旅行と称して、初日は成田から皇居、二日目はソウル昌慶宮を見て、三日目には万里の長城から帰途へつくのと変わりなく、これでは旅行改め、苦行だろう。

刻一刻と過ぎ去る限られた時間の中で、証拠固めの撮影と、ハイエナと化したブランド漁りは、周囲の景色をも湮滅し、疲労に満ちた修業者を育む。帰国後の見栄と自慢が何にも勝ると誤認した「新原人」は、今日も荒波を越えて海を渡る。

こうした「誤認」は旅行の目的だけではない。限りなく社会の隅々まで潜伏している。ブランド品に成り下がった学歴は、教育の本質を喪失させ「バイクを買うから高校だけは出てくれ」、「好きな車を買ってあげるから、どうか大学へ進学してほしい」といった本末転倒を正当化し、社会は対外的な見栄の飾り物として、欠陥ブランド品を有り難く拝領する。そして、両親の健在を新規採用の基準としていた企業が、両親不在者の若くして優れた自主独立性と苦労に培われた大樹を逃し、地団駄を踏んでいる現実。滑稽な姿は嘲笑以外のなにものでもない。

そして「バッジ」襟章（社章）は組織の象徴ではない。誤認の最たる象徴だ。組織は勲章として付ける事を義務付け、当然の如くに受け入れる構成員。益々苛酷になる販売競争は情報の流出を最も恐れるが、その傍らでは、印籠を誇らしく襟にかざし、社名入り封筒を表にしてのオープンルーム内での商談。機密事項は言うに及ばず、見積もり価格まで敵に公開している太っ腹の諸兄には、唯々ただ感服するばかりである。

規律と統制を重んじていながら、組織自らの率先した御乱心。懲りない面々は一向に殲滅されずに、細胞分裂を繰り返して行く。

これでは、社会が行き詰まるのも道理であり「個性と独創性は和を乱すものとして排除すべき」とする概念を打破しない限り、復興の道は閉ざされてしまう。口先だけで独創性を求めても、一歩先での横並び教育。異議を唱えれば反逆者のレッテルを貼られ、居場所を失いかねない異様な雰囲気の存在。決して自由奔放だけを称賛するのではない。折角の優秀な人材、思考力を使わずして、方針の強要によってのみ組織の存続を計るのであれば、戦前の愚考にも劣る行為であり、敗戦を招くだけなのだ。

相当前だったと思うが、汗水ながして個別訪問するのが当たり前の時代、夕方のみ自動車教習所の前で名刺配りをしていた者がいたという。効率がどのような成績を生んだのか述べる迄もない。又、機械化を拒み続けた頑固者が、精度世界一の加工技術を保持するに至った努力など、統制された昨今の組織では独創の持ち腐れになる。

教組「マニュアル」を絶対のものと信奉し、組織活動にまでマニュアルを持ち込み、服従を迫る民主擬き君主制。電子機器に操られ、文書によって拘束される怪しい世界観。

見失った先に、後悔の念が見える。

風の火の用心

森の中に、焚き火の残り火がパチ、パチッと燃えていました。

「危ないなー」と思った『風の雲』、思い切り風をピューッとかけて消そうとしましたが、パチパチパチッと一向に消えません。

「おかしいなー」と思い、更にピュッピューと吹き掛けると、メラメラッと強く燃え上がるばかりです。

近くを通り掛かったお腹を空かしたリス君、焚き火の中から何かを見つけた様子。可愛い手で拾いあげ、モグモグと頬張っています。

仲間にも教えてあげたリス君、大勢のリス君達が木の実を手にして集まって来ました。一斉に木の実を焚き火の中へ投げ込むと、パチン、バチバチ、パチリンチョの大合唱です。おいしそうな香りが森一面をおおいました。

「さあ食べよう」とした時、怪しい雲の気配が！

ポタ、ポタッ、ポタポタッ、ザーと今度は『雨の雲』のお出ましです。リス君達は、「逃げたい、食べたい」「食べたい、逃げたい」さあ困りました。

それを見ていた『風の雲』は考えました。そして『雨の雲』にこう言ったのです。

「この焚き火は私が責任を持って消しますから、『雨の雲』さん、どうか離れて下さいな」

すると『雨の雲』は「そんなの無理じゃよ」と言いながらも、去っていきました。雨は止んだのですが湿りきった焚き火、火の気はほとんど有りません。

「どうすればいいんだ」と考えた末に、大きな声を出して『残り火』に尋ねました。

「風をくれ、早く風を」と『残り火』の振り絞った声が、かすかに聞こえます。

「そんな事したら消えちゃうよー」と悩んでいると又、「風を、風を」です。

仕方なく「フー」「もっと強くだ」、「ピュー」「もっともっと強く」、「ゴー」すると、僅かの残り火は、瞬く間に「バチバチバチッ」と燃え盛ったではありませんか。もう驚いた『風の雲』はポカーンと見ているだけでした。

しばらくして、リス君達の帰った後に残された焚き火。今度こそ本当に消さなくてはなりません。風を当てられなくなった『風の雲』は、又考えました。そして再び『雨の雲』の所へ行ってお願いし、きれいに消してもらったのです。

今では『風の雲』と『雨の雲』、たくさんの火の傍には、いつもに一緒にいます。

安全の裏にあるもの

運転中、けたたましい背後からのクラクション。一瞬でハンドルを持つ手が硬直する。知人のプロドライバーの理屈では、クラクション音は安全の証明らしい。何故なら、事故とは不意をつかれて起きるものであり、「クラクションを鳴らすだけのゆとりがあれば絶対に事故は起きない」とは、なるほど御尤もな説である。

運転手、歩行者は未だしも、二輪車に対してはもっと配慮が欲しい。止むを得ない場合はともかく、不必要と思えるクラクションは相手に動揺を与え、転倒の引き金にもなる。クラクションを殆ど使用しない運転手に多い、無事故、無違反でのゴールド免許。安全の警鐘具が凶器になったのではたまらない。

安全神話に最も敏感なのが食品であろう。消費者は種々の見張り番として、食品会社や販売店の業績向上に日々貢献している。

一つには品質保持期限の厳守である。販売する側の厳守が政策的なものであるならば、消費者のそれは、消費者ではなく、高回転率の達成とシェアの拡大に努めている優秀な販売代行員であり、特別栄誉賞の有資格者だ。

品質期限は確か二十年少し前に、任意の鮮度保障表示に始まったと記憶している。それ以前は、消費者の判断に基づく保持であり、肉、魚の生鮮物を除けば、今の品質保持期限内で消費したものなど数えるほどしかない。身近な物でも、卵、納豆、パン等々冷蔵庫の普及が二、三週間の保存を楽に可能にしていた筈だが、今の保持期限では三、四日でしかない。過日、外国人から「なぜ日本では食品を腐る寸前で売るのか」「何か流通に大きな問題があるのでは」と尋ねられた。もし二十数年前の日本人がタイムマシンでやって来たら、同じ質問で嘆くだろう。無添加品の増加を理由にする者もいるが、卵など、昔から今以上にそうであり、冷蔵庫の無い時代でも、籾殻の中で十日以上の保存が出来たのだ。

収入の増加は日本人を豊かにし、高額商品の取得を可能にしたが、悲しいかな食品分野だけは量産、量販でしか収益の向上を望めない物も多い。定かではないが、バナナは四十年前より遥に安く、中国産の野菜なども然りであろう。ならば、増収は量販であると同時に回転率のアップでしか成し得ない。そこで保持期限は自ずと最小値を選択していくことになる。これを弁護する訳ではないが、いささかの問題もない。あるとすれば容認する消費者であり、生産販売者側が最小値を取るのであれば、消費者は最大値を取って消費すればぃのであって、その為にも「品質保持期限」を一旦脳裏から外し、原点に帰って見なおすことだ。

二つには問題時の先入観である。食品会社に限らず、業界とは不思議と類似性が伴う。問題は特定の企業に留まらず、業界全体に起因する。即ち、一部の汚点は全体の一角として見るのが妥当であり、全体を正さずには何も解決しない。

又、汚点とは早期発見が早期治療の近道であり、早期発見で患部を除去した方が完治が早い事を意味する。

かつての社会を震撼させた公害病。確かに許しがたい。しかし加害者たる企業は今、公害対策では業界をリードしている。犯罪者として当然との見方もあるが、こと消費者として見る限り、安全を購入する上では選択に値するのだ。

安全で安く無駄の出ない消費社会が理想だが、そのためにも燻る火種の諸根源を、早期発見で断たねばならない。

杜のできごと

ここは、町はずれの雑木林です。くぬぎやならの木に囲まれて、沢山のかぶとむしが住んでいます。この雑木林では、近ごろ誘拐犯が頻繁に出没して、かぶとむしたちをさらって行くのです。かぶとむしたちは交替で見張りをすることにしました。

ガサガサ、何やら物音が！　そこには二本の足で歩く変な動物が、明かりを持ってやって来ました。「逃げろ」の合図で一斉に飛び立つのですが、暗やみに行く手を拒まれ、今日も又、何匹かの仲間が犯人に捕らえられてしまいました。

これ以上、被害が増えたのではたまりません。かぶとむしたちは、犯人の習性を知るために「おとり」を使ってわざと捕まり、探ってくることにしたのです。

しばらくして、わざと捕まった、かぶとむしがすぐに逃げ出して来ました。そして言いました。「どうやら犯人も別の犯人に捕まっているみたいだよ。だって、可哀相に小さな箱に入れられてるんだもん」

「そうか、分かったぞ、箱を用意して待ち伏せしよう。捕まえに来たら箱に閉じこめてしまえばいいんだ」

早速、かぶとむしたちは総出で小さな箱を作り上げました。

夜も更けると「ガサガサ」と、犯人です。息を殺して見守る前で、案の定犯人は、かぶとむしには目もくれず箱のなかへ入っていきました。

「やった、やったぞ」のかぶとむし達、「これで一安心」と大騒ぎです。

月日がたちました。「もう十分に懲らしめたから、出してやろうよ」ということになりました。しかし困ったことが！　あまりの居心地の良さに、今度は出て行ってくれないのです。「どうすれば出て行ってくれるだろうか？」妙案がありません。いろいろ手を打ったのですが、益々気に入られてしまいます。「木々に囲まれた生活にこれほど飢えていようとは！」予想外の展開に、なすすべも無くなりました。

しかし、どうしても不思議なことが。あれだけ執拗に採りにきた『かぶとむし』なのに、今では一向に見向きもしないのです。

かぶとむしたちは思いました。「そうだったのか、あれは採りに来たのではなく、捕らえられている生活から逃げ出して、仲間に入りたかったのだ」と。

それから犯人は犯人としてではなく、杜の仲間の「極楽『とんぼ』」になって、世渡り上手をしています。

酷塞化する　国際化

至る所で耳にする外国語、国際化は東京だけではない。今では、地方都市から山間の小さな町にまで及んでいるが、その多くは各国から来ている就労者だ。好景気下では生産を担う貴重な労働力として、不況下では支出削減の手段として、歪み行くこの社会の土台を支えている。瀬戸際の難破船、彼ら抜きではもう航行できない。

工業都市の一日、それぞれの門をくぐる人、人、人。ポルトガル、スペイン、中国、そして英語に日本語、朝の挨拶にも国際化を伺い知ることができる。

日本人の専売特許、「勤勉」「手先が起用だ」は一部で死語を飛び越え、彼らにこそ相応しい表現と化している。古き良き文化を継承し続ける日系人と、現代の若年社員を比較するのも酷だが、純然たる外国人と熟練労働者を比較しても、ある意味では遜色もない。それは、日本人が本当に優秀だったのではなく、成長期の「慢りだったのでは」を印象付ける。

国云々ではなく、何処も同じで真面目も不真面目もいる。一面だけをとらえて国家像を築くことの誤りを、身を持って体験させられているようでもある。

外国人は労働者から管理職へ、そして役員から経営トップに到るようになると何かが変わる、いや全部が変わるかも知れない。戦戦兢兢とした不安が蠢き、日本式経営の終焉を嘆く諸氏の中で「これで本来の姿に戻れる」とする安堵感も。それは変革ではなく、元来有していた優れた機能を取り戻すだけだとする復活論であり、確かに日本人の優れた本能、努力、勤勉、闘争心など、今では外国人の方が遥かに高い。鉛筆も削れず、リンゴの皮すら満足にむけない退化した機能。技術耐（大）国として厳しい修業が必要のようだ。

今は昔、古典ではないが、海外に進出する企業も又心配だ。既に同化して順調なところは良いのだが、教授し得る優れた要素が欠落した今日、曾ての指導者としての失墜した地位は、現地での逆摩擦を起こしかねない。これまで「やる気民族」が「アスタ（あしたで）アマーニャ（まにあうさ）」で苦労したように、これからは「アスタ（あんた）アマーニャ（あまいや）」と軽蔑されて苦労するのでは、と思う。

外国語イコール英語の日本。デズニーランド、エヌ(ニ)テーテーを田舎者と嘲笑う。十年程前に米国工場へ赴任した某君、得意の英語を生まれて初めて駆使し、Tシャツを買いに行ったが、なるほど、『紅茶』を持ち帰り、片や、文化先進地を自負する栃木のつぶやき君は、さすがに、『テーシャツ』をゲット。これには「思い知ったかと」ほくそ笑む。・・

世界は広い、そして最も多いラテン系言語。大英帝国の植民地以外は「デー」であり「テー」である。多民族国家アメリカ、栃木弁が通用しても不思議ではない。

一方、テレビのコマーシャル。ファイトで行こう○○○○『デー』には、賞めてあげたい。

益々に多国籍化するニッポン、絶対に日本化しない外国。長年で染み付いた汚れも文化とすれば、融合できる部分など僅かしかない。届いた物が腐っていれば「腐る物を発送させる方が悪い」のも一理、接触事故で車が凹めば「良かった、良かった」と被害者に手を差出し、体の無事を喜ぶのも又一理である。「謙虚が美徳」も国によっては「おおうそつき」となり、一瞬にして信用を失う。

違法就労者。おそらく公表数よりもずっと多い筈である。人は違法者として不信感を抱いた眼差しや、一部の犯罪に絡めて全体を見る虚像。就労を生み出したのは日本側の需要であり、彼らが日本人の職を強奪に来たのではない。立場を変えれば、バーゲンセールのチラシを見て買物に来たら、万引き罪で捕らえられる心境ではなかろうか。違法の根源を正さずしての行状、愚かさは喧嘩両成敗にも値しない。

あぶらあげ

これは犬介（けんすけ）と猿太（えんた）の物語です。

ある日、人里離れた山道添いにバナナが一本落ちていました。偶然通り掛かった『犬介』は、お腹を空かして〈グゥ～〉ですが、バナナなんて食べたことがありません。仕方なく、くわえながらトボトボと歩いていると、物欲しそうな仕草で木の上から眺めている『猿太』と出会いました。

犬介は〈そうだ！〉と知恵を働かせて・・「これは旨そうだ、これが欲しければ骨付き肉二本でどうだい」と話し掛けました。

すると猿太、しばらく考えた後に二本の骨付き肉を抱えてきて「こんなご馳走めったにないぞ、バナナ三本でどうだい」の要求です。

うーん。悩んだ犬介、里へ戻って何とか三本のバナナを仕入れてきました。そして「俺等の大好物のバナナを三本も与えるんだから、骨付き肉が四本ないと絶対にだめだな」ともうエスカレートする一方です。

　とうとう、お互いの足元には山のようなバナナと骨付き肉が集まりました。

　そこへ、空を舞っていた『とんび』が降りてきました。とんびは、「オイオイ、それじゃいつまでやっても同じだよ、わし(とんびなのに)が平等にしてあげよう」と言うなり、多いほうの一本を「ぺろり」と食べたのです。・・

　犬介、「けしからん、最初にバナナを見つけたのは俺等だ。骨付き肉が一本多くないといやだ」・・とんびはバナナを一本食べて減らしました。「これでどうだい」・・

　猿太、「なっとらん、こんなに肉の付いた骨よりバナナの方が少ないなんて」・・とんびは、今度は骨付き肉の方を一本食べて減らしました。「じゃあ、これでどうだい」・・

犬介、「NO」
猿太、「NO、NO」
犬介、「NO、NO、NO」〃〃〃〃〃〃〃〃〃〃〃〃
猿太、「NO、NO、NO、NO」〃〃〃〃〃〃〃〃〃〃〃
最後にバナナが一本だけ残りました。
とんび、「これで、どうだい」、《げっぷ》
犬介、?・?・?
猿太、?・?・?・?

商売受難の時代のなかで

大型小売店受難の時代。前年度の売り上げを下回り続けて数年、あの頃が夢のようである。混んでいるデパートは閉店セールばかり。戦後の小売業形態を激変させたスーパーマーケットも、「近い、安い」の便利さは車社会の郊外化とディスカウント型ホームセンターに取って代わられ、一層の変革を迫られている。

世は正に逆風の時代かと思えば、そうでもない。コンビニの普及、百円ショップなど衰えない人気。定価のコンビニは、代償としての深夜営業と品揃えの利便性で、百円ショップは稀に見る価格破壊で消費者を虜にする。時代をもてあそぶ「商売」とは面白い。

この百円ショップ、経営者の哲学には驚愕した。商売とは仕入値に利潤を乗せて売るものだが、何と仕入よりも安く売ったのだという。即ち、「安くすれば売れる、売れれば仕入が増える、仕入が増えれば仕入値が下がる、仕入値が下がれば儲かる」の四段論法だという。原則論の実践であり、実現してしまう才覚は羨ましいかぎりだ。

「物を売る」行為にもいろいろな方法がある。それは消費者との心理戦であり、知らないところで手品師の手法に引き込まれていく。元来、営業でも商売でも、売れる物ではなく売れない物を売って初めて評価される。もし山積み商品があれば、「売れている品」なのか「売るべき品」なのか、さては「売れないで困っている品」なのか、推理する買物も又楽し、である。

買物の王様はと問えば、住宅。いや宝石だとか、クルザーだとかの異次元のマネーコレクターもいるが、一般庶民ではやはり住まいだろう。この住まいに関しても数々のマジックがあり、マジックも過信すれば催眠になる。これが又面白い。

住宅を販売する側にとって、最も欲しい情報は「どこの・だれが、いつ」家を造るかであり、この収集に日夜努力している。住宅展示場はこの収集機能を果たす重要拠点ではあるが、ひとつ問題がある。それは、ショールームでは顧客の本音が出ないと言うことだ。そこでだれが考え出したのか、「展示場売ります」の殺し文句が！　これが歴史的マジックショーの始まりである。これまで貝になっていた消費者が、突然変身して住宅会社に殺到する。それも、土地の権利書を持って。この時点で住宅メーカーの最も知りたい情報のひとつ「どこの・だれが」が判る。更に状況から「いつ」も確実に察知され、仕上げに移る。

周知の通り展示場は完成品であり、大幅な改造はできない。この展示場の入る敷地などはごく限られてしまう。いいかえれば殆どない。四十坪の土地に五十建坪の家や、北リビング、南トイレ、道路の反対側に玄関など、非現実的な応募が殺到する。しかも申し込み金まで持参して。人の心理とは摩訶不思議なもので、お金を払えば「お友達」ではないが、奇妙な信頼関係ができる。抽選で「落ちた」のではなく、当初から建てられなかったにも拘らず、落選後の営業マンの来訪を歓迎するのだ。毎日が門前払いのセールス地獄にとって、大黒さまの出現である。営業マンも「してやったり」。何せ住宅営業での最難関「敷地調査」も、事前に入手している権利書で確認済み。最早ハードルは何もない。

「ごめんください、○○様。この通り素晴らしい住まいが出来ますよ、しかもこのお値段で。いやー本当におめでとうございます。」 完

住宅着工戸数が景気のバロメーターと言われる如く、住宅関連の波及効果は計り知れない。二十一世紀初頭もポスト・バブルであるならば、思いもかけぬ業種の出現と、そこで繰り広げられる「手品」に是非ご注目を！

夢くんのゆめ

「あー忙しい、忙しい」

一日中大忙しの〈夢くん〉、体がいくつあっても足りません。夜だけならいざ知らず、電車の中から授業中、会議の場まで引っ張りだこの御呼びだし。〈夢くん〉疲れ切ってしまいました。

「みんな自分勝手だよ、たまにはひとの事も考えてよ！」とボヤク間もなく又お呼び。〈夢くん〉だってのんびり夢を見たいのです。

〈夢くん〉は考えました。「人間ていいなー、どうすれば僕も夢を見られるだろうか？　そうだ、人間が夢を見ている間にちょっとだけ抜け出してしまえばいいのか！」と。

〈夢くん〉にとっては人の見る夢が現実、現実から逃れようとすると、そういう時に限って《お目覚めー》のお仕置きが。世（夢）の中そんなに甘いものではありません。

〈夢くん〉懲りずに、またまた考えました。「いっその事、夢を現実にしてしまえばいいんだ」・・

〈夢くん〉人の夢を現実にすることを夢見て、一生懸命に励みました。

するとどうでしょう、〈夢くん〉の夢に心を打たれた人々が一緒になって、夢を実現しているではありませんか。

〈夢くん〉の『夢』は、みんなと同じ『夢』を見る事で遂に叶いました。

強者どもの夢の前

「夢」は、と問えば、家族の幸せ、買物、旅行等々身近なものが次々と浮かんでくる。今や、そのほとんどが決して実現不可能ではない。そして、健康から不老長寿へ。

不老不死は人類長年の夢であり、今も変わっていない。不老不死の薬を探し求める物語は世界各国に存在するが、医学の進歩はこれをも実現しようとしている。

医薬品、治療法の進歩は言うに及ばず、人工臓器から模造臓器に至るまで開発が進む今日、徐々にではあるが視界が開けてきているようだ。また一部では、トカゲの機能復元力を応用して、人間の機能そのものを再生しようとする研究もあるらしい。実現すれば素晴らしい朗報ではあるが、断罪に値する者まで復元してもらっては困る。

「夢」が金と権力に移行すると、終局の目的として、そこには悲惨な事態「戦争」を生む。歴史の中で繰り返される戦争、絶え間なく尊い命を奪い続け、遺恨としての傷がまた新たな悲劇を招く。

「平和な時代」として自由を満喫し、「戦い」そのものを遺物化したこの頃、「もう戦争など起きないのでは」と思ったりもする。しかし歴史は長い、「もう戦後五十数年」は「まだたった五十数年」なのだ。五十年ぐらいは、歴史にとって無いに等しい。かつて数百年の平和が一転して「血の海に」が何度あったことか。空白は長い程恐い。それは武器の進化であり、それも消耗されないで蓄積された破壊の進化ほど恐いものはない。広島、長崎は当時の最終兵器の実践の場であり、もし今日、今での最終兵器が使われたらどうなるのか。「核」が有れば使う。核拡散防止条約が歯止めではなく、核の非拡散を防止している条約の如く繰り広げられる「核の保有化」。保有に対する制裁の甘さは、科学技術の均衡が進む中で一層の保有を助長する。普及した兵器は消費財として位置を確立し、消費が生産を生み、生産が消費を促す恐怖の悪循環になる。

車が各家庭に普及したように、破壊兵器も各国へ普及したと仮定するならば、「何でも欲しがる○○ちゃんニッポン」の保有も、そしてドイツにしても絶対にないとは言いきれない。人は弱い。独裁者など三日も有れば十分に造りだせる。そして使う。

戦争が人と国の殺しあいならば、組織そして個々の生きざまを抹殺するのも又、名を変えた戦争である。活字に踊る、流通戦争、受験戦争から職場で日常化している内戦まで、様々な形態で戦が行なわれている。

生命体は、群れがあれば必ず紛争を起こす、領地が有ればそれを取り合う。それに金、物、欲の絡む人間は、尚更始末が悪い。

一方で、こうした争いに新たに参戦しようとする強者もいる。しかし現実は難しい。技術が有っても金は無し、金は有っても人が無し、人は有っても技術無しの三位一体?は成就を悉く撥ね付ける。両替商は巳の保身で精一杯で、無理なアド「ベンチャーはしない」がモットーに転じ、金の亡者は有能な者への投資を惜しみ、過剰人員を抱える互助会企業。水戸黄門でも裁けないような「国民総懺悔」社会にあって、「転校生」を受け入れる下地がますます細っていく。

平和の名の下で、長期化する争いを制するのは持久戦なのか、ゲリラ戦なのか、それとも玉砕覚悟の市街戦なのか、果ては武器無き民の勝利は遠いという事なのか。

「夢」追い人にとって最も容易な、更に苛酷な時代二〇〇〇年代。待っていては何も始まらない。泥船でもいい、先ず漕ぎだすことだ。

ゆうれいがえし

《ゾクッ》、生暖か～い風がどこからともなく、《ヒユゥ～》と吹く深夜です。身だしなみを気にした幽霊が、鏡を前に悩んでいました。

幽霊・「こんな蒼白い顔で人様の前に出ちゃ失礼だわ！」と思い、早速に苦手な日光浴に挑戦して真っ黒に日焼けしました。そして「これでどうかしら」と言わんばかりに・・・・『う～ら～め～し～や～』・・・・と出ていったのですが、

「ギャー、お化けー」

幽霊・「なにがお化けよ！　失礼ね」、プンプン。

その後、プライドの高い幽霊は脱色と美容に励み、透き通る白さになりました。

幽霊・「今度はどお～お」と『う～ら～め～し～や～』・・・・アラ

ラッ?

あまりの透明さに誰も気付いてくれないのです。もう悔しくてたまりません。それからというもの幽霊は、何日も何日も「ヒィ〜、ヒィ〜」と泣き続けました。気が付くと体は痩せ細り、顔は益々蒼白くなっていました。そして、悔しさを晴らすために「そうだ、この顔で出て驚かしてあげよう」と思い、素顔のままで・・・『う〜ら〜め〜し〜や〜』・・・・ウフフッ。

「キャー」――――――?

次の年のことです。

街は「美蒼白」の若い女性で溢れかえっていました。

見せ掛けの清潔

この頃ではあまり見かけなくなったが、朝の濡れ髪「朝シャン」。当人にとっては身だしなみかも知れないが、周囲はたまったものではない。それも若い女性から、「おばシャン」、挙げ句の果てに「おじシャン」までとは、情けないやら気色悪いやら。

清潔が蔓延して久しい。食卓がハエの山だった時代、ハエはご飯にたかるものとして受け入れ、うちわ作業に明け暮れる老婆。もしも今、レストランでハエでもたかろうものなら、客の発狂と平身低頭のスタッフで凄まじいバトルが繰り広げられるに違いない。

清潔は健康の源であるが、その一方での弊害もある。人体は免疫によって守られているが、過度の清潔志向が、元来有していた免疫までも除去してしまい、抵抗力を弱めるのだと言う。近年の食中毒の異常な増加、そして既に無縁のものと思われていたコレラなどの法定伝染病の蔓延。同じ物を食し、飲んだ現地人や欧米の旅行者が健康そのもので生活、帰国し、多数の日本人だけが病に倒れる現実。もしかすると急増している結核も！と思うと、虚弱体質日本人を狙って次はどんな悪党が侵入してくるか、考えただけでもゾッとする。

そして、昔ながらに残るものといえば「洗濯」、時代を問わず清潔の代名詞でもある。その美しくたなびく白い天使は、いつ見ても輝いている。この洗濯にも忍び寄る影が！

欧州の主要都市では、ベランダに無造作に干された洗濯物をあまり見かけない。それは「街の美観を守る為だ」と言われているが、それだけではない。緑のそよ風の田舎と違い、都市は汚れ傷ついている。車を濡らしたままにしておけば分かるが、ものの数分で粉塵の斑点模様ができる。濡れた洗濯物は粉塵の大好物であり、瞬く間に彼らの餌食になる。しかも都会のそれは二酸化炭素からダイオキシンまでだ。

布団もそうだ。ご苦労さんに太陽族はいつも一緒、お日さまに合わせて布団干し。畳を干すならともかく干しすぎの日課。布団だって「シミとソバカス」以外に何かが恐い。

清潔と並んで重要視されているのが「臭い」である。匂うものの対象は本来、自然界の物質のみであり、生命にとって匂いは自然そのものだ。もし匂いを堪え難いものと感ずれば、それは敵であって受け入れがたい存在になる。

現代は化学物質全盛時代。この世に存在しない数々の臭気物質を作り出している。合成臭のみで感化された臭覚機能は、自然界の臭気を異臭と見做して排除しようとする。ラベンダーもキンモクセイも化学合成でしか知らない世代にとって、本物はもはや偽物でしかない。益々バリエーション多彩になる臭気、自然界のそれを追い越して様々な臭気を作り出し続ける。結果として、自然そのものを否定する無臭覚人種まで生みだすかも知れない。

見せ掛けの清潔と創られた臭気の未来。人は自らを偶像化し、自分の為にではなくその全てを人（他人）の視覚と嗅覚を満足させる為だけに生きる。無味、無臭は五感全てにおいて人工的なものしか受け入れられなくなり、実在そのものまでも否定していく。

美の集約は心であり、心は感性の源でもあるが、これらを無くした「清潔な異臭人」清潔同好会に加盟して、ミクロのペット愛好会の会員になり、人（他人）の鑑賞と趣向材としてのみ全うする生涯。

未知の細菌が、プロポーズの機会を狙っているようだ。

たけのこきのこ

静かな雨上りの朝、きのこの坊やが一斉に頭を出してきました。マツタケ、ハツタケ、シメジにホウキダケ、その他数え切れません。押しくら饅頭をしながらの場所とりは、さながらお祭りのようです。

少しずつ大きくなってくると、今度は背比べの始まりです。オウギタケを追ってツエタケが迫り、タマゴタケだって負けてはいません。

オヤッ、木陰で何かがゴソゴソと動ています。良く見ると、尖んがった頭をちょっともたげた妙なものが「こんにちは」しているではありませんか。見たことのない新入りに、皆ビックリ仰天です。「まあ、いいか」と、この新入りを加えて背比べを再開しました。

翌朝、きのこ達は眠い目をこすって、又ビックリ！　新入りのきのこくん、背丈がいちばんになっているのです。

「なんだい、これは。一晩でこんなに大きくなってるぞ」きのこ達は騒めきました。

次の日も、次の日も成長した新入りきのこくん、一週間後には天まで届きそうな大きさになりました。きのこ達、ただ呆然としているしかありません。

この噂を聞いた、オオワライタケ。「アハハ、イヒヒ、そなアホな話だれが信じるかいな、ウフフ、エヘヘ」とお腹を抱え、「もしホンマならワテ笑うのやめたるわ、オホホ」と、もう大笑いです。

巨きのこの話はテングタケにも伝わり、「俺様より大きいとはけしからん、もし本当に大きいのなら俺様の猛毒で蹴散らしてくれる！」と、それは恐い形相でやって来ました。「そいつの所へ案内せい」とばかりに威張り散らし、マツタケを従えて現地に到着すると、「そんなの何処にも無いではないか」と辺りをキョロキョロと見回してるのですが、一向に気付きません。それもその筈です。雲を突く高さに成長した新入りくんを、真上に見るなど不可能なのです。

「テングタケ様、あれにございます」とマツタケの指す方向を見て、「なっ、なんじゃ、あの化物は」と言うなり腰を抜かしたテングタケ、これまでの威勢はどこへ行ったのでしょう「へ〜イ大王さま」と震えながらひれ伏しています。

しばらくして青息吐息で逃げ帰ったテングタケ、今ではすっかりおとなしくなり《毒有り危険マーク》を胸に、悪さをすることも殆どなくなりました。

ところで「笑うのやめたる」のオオワライタケはどうなったでしょうか。

テングタケの話を聞いて、『ワッハッハッハッハッハッハッハッハッハッハッハッハッハッハッハッ――』と、ず――――っと笑い続けています。

汚れなきは汚れなり

この世には、決して相容れられないものが存在する。それは医療機関と葬祭業、屎尿処理場と食品業などであり、同時経営は実質的に困難である。しかし、こうした相反する業種ほど深く関わるものであり、病院と葬儀屋は工程上の差出し人と請負の関係として、屎尿処理は食品の終末として不可欠な要素でもある。

犯罪と司法も然りのようである。完全犯罪などは有り得ない。もし完全犯罪に近付くとすれば、司法そのものの犯罪であり、司法を抱き込んでの犯罪かの何れかである。

弁護士と整理屋、悪に手を染めた異臭が漂う。つい最近の発表では弁護士の約二〇％が年収五百万円以下だという。苦労の末の名誉職、巷で「先生」と呼ばれる尊敬の主も、これでは必要経費も満たせまい。薄給が魔の手を呼ぶのか実力か、それとも営業努力の欠落なのか、何処も同じで大変だ。

「総帥」といえば政界、国政を担う良識の府。良識とは名ばかりの、保身と責任転嫁の世界は欺瞞に満ちた裏切りの世界でもある。政策は失政誘発の策略と化し、民衆を肥やしにして満々と太った欲望は、吸血鬼となって権力という名の生き血を啜る。政治献金に名を借りた収賄、そしてそれに迎合する業者は、必要悪としての儀式を繰り広げ、発覚の任としての秘書への転嫁と側近の抹殺。「悪滅ばずして栄え国滅び」にならなければ良いが。

そして、知られざる魔の手の世界『民間』。企業は税控除としての「合法手段」を遺憾なく発揮すべく、接待と交際を繰り広げる。泡弾けの不況は、自粛と廃止を促進したかのように見えるが、実態は負担の個人移行によって、今も尚、絶え間なく続いている。

いくら合法とはいえ、目に余る行為にはそれなりのお咎めがあるが、官と違って百戦錬磨の民、おいそれとは尻尾を摑ませない。遊興の領収書は接待された側で回収しての再利用、毎度のお車代は常に欠かせぬ臨時収入、そして又、贈答品は虚礼廃止の掛け声虚しく、「贈り物は証拠が残るからまずいよ」と相当額の現金授受には恐れ入る。

《公務員　企業を嫉み　ひとり酒》の知られざる秘境がここにはあるようだ。

疑えば限りがないが、今もどこかで不正擬き行為がなされている。こどもの頃、担任教師が生徒全員の面前で「〇〇君、お歳暮ありがとう。でも、こんな事もうしないでね」と言っていた。その後、どれだけの付け届けが有っただろうか。教師も多くは歴とした公務員である。聖職者たる者がこの体たらく、これは氷山の一角ではない筈だが。

人は弱い、何時も誰かに救いを求めている。その為に提供する物が金品であるのだが、殆どは受領者の利得に終始してしまい、期待する対価はまず返って来ない。にも拘らず何故に愚行を繰り返すのか。

生存競争は遅れを許さない。遅れは、人又は組織の敗北を意味し、絶望の淵を逃れんとして足掻き苦しむ。そこで些細な格差にも過剰に反応して、その格差を埋めるが為に媚を売り、売られた者はその魔力に取り憑かれ「離すまい」としての所業に没頭する。こうした猿の社会にも劣る光景は一向に止まない。

毎日のように報じられる汚職。己れの汚れを他人の汚れとして削ぎ落としての成就願望。「人の上に立つ者は人（他人）の痛みを知らずして成らん」とは、「人の上に立つ者は人（他人）の痛みなど知る勿れ」と同意語になったかのような社会。葛藤に耐える日々、未だ戦後は終わっていない。

あなたは　だ～れ

ご主人様、あなたは何と素晴らしいんでしょう。

どんな計算も出来るし、記憶力も抜群です。それに、美しい容姿とスピードはカモシカにだって負けません。

先日のお散歩は外国でしたね。ナイアガラの滝からキリマンジャロ、そして又、ルーブル美術館までも連れていっていただき、素晴らしい思い出になりました。

買物に行こうとすると、「その必要はない」と言って直ぐに取り寄せてくださり、銀行までも自由に操るその計り知れないお力には、唯々感服するばかりです。

ご主人様は神、それも全能の神です。

世の総てがあなた様を崇拝し、あなた様のお導きを待っています。

どうか、か弱き私どもを末長くお守りくださいませ。

私もご主人様の境地へ一歩でも近付きとうございます。
・・・・・「アーア、よく寝たワン」
「そろそろお散歩の時間だワン、ワン」

「エッ、『お手』覚える迄お預けだって！」

「そんなー」

「でも僕のご主人『人間』で良かったワン」

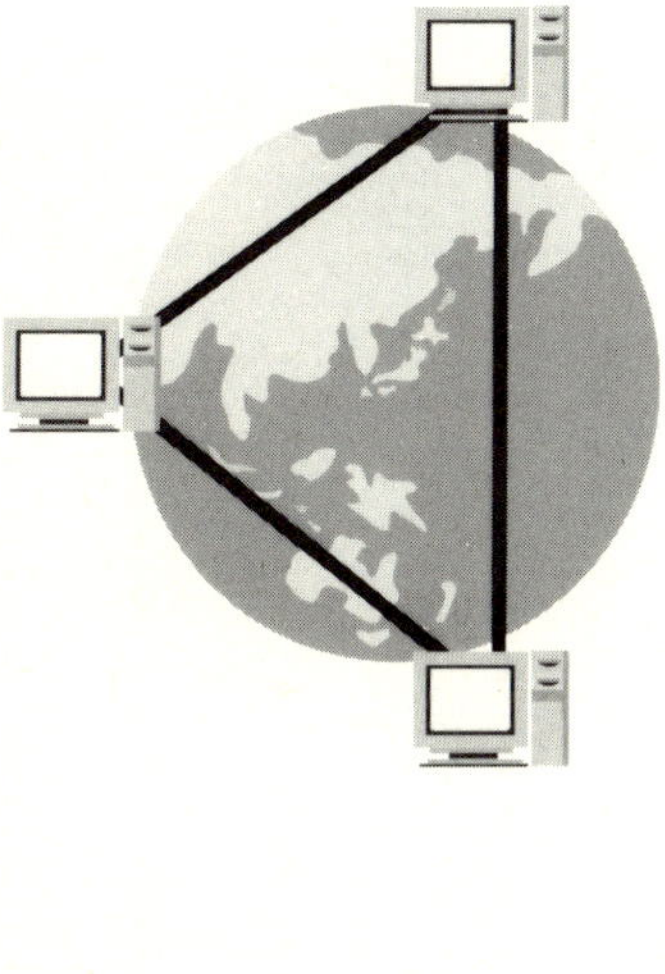

知られざる支配

『三高』、高学歴、高収入、高身長が、『ニュー三高』、高年齢、更年期障害、高額保険に取って代られる日、末期現象はより現実味を帯びてくる。

理想が高いのは何処も同じであるが、理想にプラスして、自由と財産を手にする最短の手段としての後者の容認傾向は笑い話で済まされない。動乱期の権力闘争を思わせる安易な発想は、水面下で着々と進行している。

怠慢下での『高』願望は『低』の実現を促進する。技術低下、学力低下、そして活力低下である。

懐かしい響きの「技術大国」、それは個々の高い向上心と努力から生まれた。何もない虚しさの中で、有るのは手先の感触と頭だけ。汗まみれの作業と創意工夫の毎日は、より精度の高い加工を可能にして、優れた製品を世に送り出して行った。それが今では組織と機器に忠実がモットーであり、統制化されたパターンは意識の注入すら許さない。

時の流れは個々の高い技術を奪い、今では低開発国がその主流になろうとしている。誇りだった国際技能五輪での栄誉も、今は昔だ。かつて日本がたどった道を次世代国が追い掛け、そして追い抜いて行く。

確立された先端技術はプログラムの産物であり、意識を持たない冷め切った部品が組み立てられ、時として反乱を起こす。反乱は拡大して「技術大国、日本」を覆い尽くすが、何せ温もりを知らない反乱軍、容易には降伏しない。

そして学力低下。これには疑問もある。難問を次々と解いて行く小学生の姿をみる限り低下している気配はどこにもない。あまりの難しさに、「何かの間違いでは」と思ったりもする。だが曾てのお家芸だった国際比較での高得点も、今では聞き慣れない国名と一緒に並んでいる現実を見るにつけ、淋しくも肯定せざるを得ない。

理由はただひとつだ。日本の社会は答えのみを求め、答えを出す過程を求めない。結局、正解者が勝ち組で、過程追求者が負け組なのである。そこには創造を奪い、いや、創造していたのでは負けてしまう現実がある。これは、マニュアルを踏襲しなくては勝ち組に残れない社会の縮図そのものであり、どれだけの人材を葬ってしまうことになるのか！

技術の低下と学力の低下は、必然的に全体の活力を低下させる。企業の収益低下では、原因をその過程と社会に求め、経済のそれは過去と照らし合わせて結論を出そうとする。経済も社会も生きものであり、ベルトコンベアーの繰り返しではない。過去を繙いて何が判るというのだ。必要なのは、今現在を如何に解くかであって過去ではない。問題集、それも答えの載っている問題集が無くては何も出来なくなってしまった民族、不具合と構造の欠陥を抱えてこれからどうなっていくのだろう。

人が築いてきた創造の根幹は「読み、書き、計算（そろばん）」だ。そしてこれは、考えることなくしては出来ない。知識が創造を生み、新たな答えを導く。しかし現状は、脳ではなくミクロのチップへ知識を封入し、必要に応じて引き出すだけの「コンピューター植民地人間」、踏襲そのものを創造と信じて疑わない「人造人間」、そして結果は機器の役目とする「逃亡人間」を量産し、それらが当然の如く様々な分野を支配している。

血の通わない異星人は思考の統一を武器に、奥深くへの侵略を企て支配を目論む。「インターネット社会が日本を救う」？前に「鏡の後ろに潜むエイリアンが彼方の生き血（情報）を啜る」。

メダカの旅

メダカの学校も過疎化が進み、今では生徒一人だけです。だーれもいない毎日は、とても淋しくてたまりません。メダカはある日、仲間を探すために、長い長い旅に出ました。

小さな小さなお魚くん、それはもう危ないことばかりです。踏み付けられそうになるなどしょっちゅうで、餌と間違えられることも度々。この間は魚獲りの網にかかりましたが、小さな体が幸いし網目から何とか抜け出しました。

泳いでも泳いでも仲間に出会えません。ある時カエルに尋ねました。「カエルさん、この辺にメダカの仲間はいませんか?」カエルは「メダカなんてここ何年も見てないね、ところであんた何処から来たんだい」と逆に尋ねました。メダカはこれまでの経緯も含めて総て話しました。

するとカエルは「カエルの世界も同じだよ、仲間がどんどん減ってしまうんだ」と悲しそうです。こうして、カエルも一緒に旅をする事になったのです。

川をどんどん泳いで行くと、大きな湖に出ました。小川しか知らないメダカとカエル、目を白黒させていると、妙な魚がニュッ！「お前さん達、この辺で見かけんやつだが一体何者だい？」と不審そうに近寄って来ました。それはナマズという変な顔のお魚です。ナマズが言うには「ワシは預言者じゃよ、お前さん達にこの先は危険過ぎる」との事。しかしここまで来て諦める訳にはいきません。理由をナマズに尋ねると「この先には恐ろしい地震の巣がある」との御加護。それをも覚悟の旅ですと、強行することにすると、同じ境遇のナマズは「ではワシも付いていってしんぜよう」と言って、道連れになりました。

さあ、三匹の恐怖の旅の始まりです。不気味な声が《ゴー、ゴー》と、正に地震魔王のうめき声のようです。そして時折の《グラッ》っとした揺れは何なのでしょう。行けば行くほど大きくなっていくではありませんか。汗のせいでしょうか、水が塩辛く感じます。泳ぐ速度が遅くなっていきました。それでも進んで行くと、幽かに朱色の灯が見えてきました。恐いもの見たさで恐る恐る近付くと、《ゴーグラグラグラ》と轟音と激しい揺れが襲ってきました。「キャッ、ゲロッギャ」とナマズの影に隠れると、何やらナマズが念仏を唱え出しました。「ナマズイダー、ナマズイダー、ナマズイダー、々、々」、するとどうでしょう。轟音と揺れが収まり、目の前には巨大な山々が現れました。山の上からはドクドクと真っ赤なものが流れ落ちていましたが、それも直ぐに収まると、見事な別世界が広がって来ました。あまりの美しさに見惚れていると、あら不思議、メダカよりもずっーと小さい仲間が沢山集まってきたのです。そして手招きするように「おいで、おいで」と。「何だろうか」と付いていくと、【あれれれー、何という事だ】、人の住んでいた町が沈んでいるのです。それも生活がそのまま続いているかのような、そのままの姿で。

小さな生きものは、熱水鉱床の熱を暖房に、噴出孔付近の成分を食料に、そして沈んだ都市を住まいにして生活しているではありませんか。

しばらくするとメダカもカエルもナマズも環境に馴染み、ここで生活することにしたのです。

その後地上では、メダカもカエルもナマズも絶滅してしまいましたが、海の底で昔に帰ったそれぞれが、新たな営みの中で進化し続けています。

迫り来る危機

昭和三四年九月二六日、潮岬の西に上陸した台風一五号は伊勢湾、知多湾、渥美湾沿岸に記録的高潮を引き起こし、愛知、三重を中心にその被害は三十七都道府県にも及び、犠牲者五千余名、罹災者百六十万人以上という空前の爪痕を残した。この台風の驚異は、その被害もさることながら、その数日前、一日で九一ヘクトパスカルも低下した気圧である。

最強、最大の超大型台風は直径八百キロにも達する暴風雨圏を従え、最盛期のまま上陸したのである。

それから四十年、毎年襲来する台風の中で、これ以上の被害は出ていない。それは治水治山の効果もあろうが、幸いにも大型台風が襲来していないということだ。

益々進む異常気象、地球温暖化にエルニーニョ、そして又ヒートアイランド等、聞き慣れない用語が気象に関連して氾濫する今日、何が起きるのか全く予測がつかない。

最近益々大型化するハリケーン、サイクロンはエルニーニョ現象に起因しているといわれる。確かに、フロリダ州に接近するハリケーンの中で、気圧が九百ヘクトパスカルをも下回る大型ハリケーンの数々。その都度、大統領が国民に安全対策を呼び掛ける姿からも窺知る事ができる。

情報は少ないが、サイクロンもアジア各国に被害を出し続け、大河を有する国家ほど甚大らしい。それは日本とは比較にならない大河川、膨大な時間と金がかかる治水工事など、妨げる要因は多い。

一方の日本。掛け声だけの対策と、安全神話の中で意にも留めない都会人。治水治山は郡部でより進み、安全をより後退させる都市機能。迫りくる危機に如何なる対処法が有るのだろうか。
最悪のケースであるが、超大型台風が伊豆半島の東をかすめて北上、東京湾の満潮時と重なりしかも夕刻。各ターミナルは人、人、人。全面ストップの交通機関は、混乱に拍車をかける。都心は百ミリ／時間を超える豪雨で、交通・通信の地下機能は浸水で既に停止。上流に降った大雨は濁流となって都下周辺河川に達して、何処も警戒水位を越して危険な状態。その時・・東京湾で高潮が発生・・大波が次々と堤防を超えて侵入し、ゼロメートル地帯を舐め尽くしていく。河口付近では大逆流が発生、上流からの濁流を押し留める。行き場を失った本流と逆流は、合体して巨大な水塊と化し、堤防をことごとく決壊させて都心とその周辺を襲う。既に水没状態の都内は格好の水路であり、水が水を呼び、濁流が濁流を誘い、都市と都市機能は完全に水没。堤防を失った海抜マイナス地帯は、太平洋軍に侵略され、修復不能の惨状に絶望した自治体は領有権を放棄する。
被害総額《算出不能》　復旧予定《無期限》　世界経済への影響《軽微？ざまあみろ化》
地震と台風は災害の代名詞であるが、元来は台風の方がより大きな被害を出す。それは地震が百キロ単位の局部破壊に対して、台風のそれは広大な領地を略奪するからだ。都市化の進む日本は、対策の上でも地震に傾斜する。瞬時に総てを奪う予測外の烈震は、確かに恐い。台風は瞬時ではないが一定の時の中で襲い続け、大型であればあるほど距離を問わずに破壊する力がある。

一向に止まない「都市化」、人が集まる所には物も金も集まるが、危険はそれ以上に集まる。事件、事故だけが危ないと思われがちな大都会。過去の災害は、歴史上での関東大震災しか知らない新、旧住民。もしかしたら世界で一番危ないかもしれない東京。火薬庫の上で火遊び三昧の毎日。引火爆発を「人災だ」として訴えようにも、廃墟には誰もいない。

いらないいないづくし

「ハッハッハックション」山に囲まれたあるところでは、町民の多くがクシャミと鼻水、鼻詰まりに悩んでいました。

「杉を切れ」、「木を切らんか」、「全部切ってくんろ」。何もかも木々のせいだと言っては、激しい陳情の毎日です。

この町には、何百年も町を見守り続けた大樹が無数に有ったのですが、住民の総意に勝てず、全部切り倒すことになりました。

木々が無くなり、クシャミ、鼻水、鼻詰まりもすっかり治って気分爽快かと思えば、何やら新たに不穏な動きが！　町は再び大騒動です。「山を削れ」、「山を取らんか」、「山を全部取ってくんろ」。はて？　今度は何があったのでしょう。どうやら、木々を切って以来の山崩れと度々の洪水、そして、枯れてしまった地下水、これらの責任が全部山にあるというのです。またまた総意に負けて、山全部をきれいに取り除くことになりました。

山が無くなると広大な平野が出現し、そこは見渡す限りの農地です。予定では豊かな作物が稔るはずでしたが、記録的冷害と雨に見離された大地からは何も採れません。長引く凶作に耐えかねた町民の中から、「空を斬れ」、「空を取らんか」、「全部取ってくんろ」の声が上がりました。「空が雨の穴をふさいでいる」というのです。大難題を突き付けられて困り果てました。考えに考えた末、町内の有りったけのプラスチックやゴムや廃家電まで集めて燃やすことにしました。それは「煙にまかれればさすがの大空も逃げ出すだろう」と思ったからです。早速に実行に移すと、どす黒い大量の煙がモクモクと上がっていきました。町民は溜らず家の中に引きこもって、じっと堪えるだけです。

しばらくが経ちました。大成功です。大空の至る所に穴が開きました。後は雨を待つだけです。町民は、今か今かと毎日大空を見上げていました。

「やったぞー、遂に降ってきたぞー」。そこには大量の灰燼に交じって有害物質が続々と舞い降り、その上には劣悪な紫外線が降り注いでいました。

この町は今でも、姉妹都市（星）として手をつなぎ隣（軌道）を回っているそうです。

環境問題の実態

○○建設反対、○○招致反対。この表示で一番に多いのは「廃棄物処分場」だろう。諸産業の中で、最も非生産的で雇用の促進にもあまり結びつかない。そして最大の要因は環境問題に対する不安。今や厄介者の代名詞でもある。

高度成長は大量生産、大量消費、そして大量廃棄を生み、大量廃棄は大量生産の救世主として位置付けられて増殖していった。

不況は一転して、少量生産、少量消費を余儀なくしたが、こと廃棄物に関しては企業に対する法規制の強化も、全体を減量するには至らずに、逆に悪徳業者を増やすことになる。たかがゴミ、所詮ゴミのみで、『〇〇〇ゴミ』の欠落した意識は、疎かな管理の元凶となり、脱法が儲けの近道と知った廃棄物業者は公然と違法行為を繰り返していく。

儲けの最短手段は不法投棄である。排出先からは正規の処理料金を取り、処理せずに投棄。こんなに利益率の高い商売はない。今ではあまり見ないが、ダンプを「廃プラスチック専用車」として申請し、実際は不特定のゴミを過積載で運搬、そして投棄である。それも個人の収集運搬業から名の有る企業迄。処理業の経営者は、ベンツからロールスロイスまで所有の贅沢三昧。一度味わった贅沢はやめられないというが、ご多分に漏れず島送りもどこ吹く風で、ご生還後は社名を変えての戦線復帰。これらが極一部としても、残した爪痕は想像を絶する。

また処分業も然りだ。いや、処分業の方がある意味では始末が悪いかも知れない。何故ならば、廃棄物の処理には当然経費が掛る。年々厳しくなる処理の規制値。この規制値をクリアするには設備投資が必要となる。多額の投資で激減する収入、曾てのおとぎの国は期待できない。それでも何とか操業を続けると、更なる規制値の強化。経営を一層圧迫する。もしも青息吐息の経営の最中、地域内でダイオキシンの問題でも起きれば、もうお手上げである。これ迄の投資で資金は枯渇、銀行は業者を淘汰産業として位置付けており、余程の担保でもない限り融資はしない。文字通り［無デースの格付けはｅｎｄ］であり、残された道は撤退か、違法かの二者択一となる。栄光の復活を夢見る限り、答えは明白だ。

廃棄物を違法で処分する業者と、業者に委託しなくてはならない産業界。自治体も違法業者の排除に努めるが、衰えない需要に打つ手がない。もし厳密に業者を審査し強制執行したならば、北九州のぼた山が全国の至る所で出来る。それも大都市で！

安全をうたい文句にする自治体の処分場ですら「反対、反対」の雨嵐である。「自分のゴミでも処分はよそで、よそのゴミは勿論よそで」が住民の意志である以上、自治体も限界であり、中小の民間はそれ以上だ。

大企業の中には、ビッグビジネスの千載一遇のチャンスとして参入しているが、基本的には産業廃棄物の自社処理であり、他の分野、それも有害物質となると、まだ荷が重い。

ゴミは、人が住み産業が有る限り出る。ゴミがゴミを生み、再生を妨げる。社会が新製品で機能している以上、確実にリサイクルを阻止するだろう。リサイクルの機能は、従来の工程や製品との競合であり、リサイクルの一歩の前進は既工程二歩の後退を意味する。企業は社会的信用を重んじ環境最優先を唱えるが、内心は一〇〇％のリサイクルを歓迎しない。仮に自動車がリサイクル品のみで製造すれば、二百万人の雇用と五百万人超の失業を生む。産業を一旦解体しなければ、完全リサイクル社会は実現しない。廃棄物と再生は社会の縮図だ。実現のためには先ず社会、それから社会の意識を再生しなくては成しえない。

にらめっこ

恥ずかしいなー、そんなにジロジロ見ないでよ。

今度はなんだい、アーくすぐったいじゃないか。
ン、また何か書いてるぞ。そこはダメだよ、アーア書いちゃった。
アレー、今日はどこにもいないぞ、変だなー? アッそうか!

お帰りー、連休は楽しかったかい? エッ、そんな事があったのかい。

「グー、グー、グー」

オーイ、起きろよ、いつまで寝てるんだい、遅刻しちゃうぞ。

風邪ひいたから休むって、ズル休みじゃないのかい。

「ビリビリビリー」

オイオイ、やめてくれよ、ひどいじゃないか。

ホラー、またそんなにたくさん書いてどうする気だい。
気になるなー、ここのバツ印。これが有ると元気ないんだよね。
そうなのかー、でも気にしないほうがイイよ、なんとかなるものさ。
「ビリビリビリー」・「プッツン」
オヤー、不思議だなー、それにしてもなーんにも無いなんて。
チョットそこの人　教えてよ。
エ～、自分で知らないの可笑しいって?
でも～《今日は何日?》

国民総占い師の時代

いつの世も廃れないもの「占い」。栄える社会にも滅び行く社会にも、必ず存在する不思議な世界。栄える者はより高い願望を、滅び行く者は救済を求めて信じて止まない。おそらく、最も古典的な商売（失礼）のひとつではないだろうか。

相対する表現と、どのようにも解釈できる言葉を駆使して、事実を推察する。外れることのない結果は、人の心理を巧みに突いた手法にも拘らず、信ずる者を虜にして逃さない。星、干支、誕生月、顔、手のほか数え切れないが、カードなどの物を使用する技法を除けば、殆どが人それぞれの固有する「区分」を占いの対象にしている。

占いで残念なことは、個々の占いに自分を当てはめると、共通の判定部分がまず無いことだ。これでは何が自分の運勢なのか、全く以て判らない。

そして、今では大和占いの代表格になった「血液型占い」である。これは占いの中では最も新興の部類であろう。区分先の出尽くした状態にあって、その区分を血液に求めるあたり、心憎いばかりの演出家である。

タレント、スポーツ選手の紹介記事を見ると、最後には必ずと言っていいほど血液型が載っている。人気商売である以上、世相迎合として容認するのは致し方ない。しかし、過日の新閣僚紹介にまで血液型が記載してあるのは何事か。公人たる者、国民の危機に対して、「いつでも私の血液を使って下さい」という意味なのかどうかは判らないが、見識を疑う。マスコミの独断であるにせよ、言葉がない。・・何れにしても、腐敗した受血をする者などいないと思うが・・。

宗教同様に、如何なる占いも自由である。マスコミは真実を伝える義務が有る。マスコミの多くが人物紹介に血液を記載すること自体、血液型占いが公的認知されたかのような錯覚を与える。言い換えれば、特定の新興宗教を毎日宣伝しているようなものだ。

海外ビジネスにおいて、話題作りの為に先方の血液型を尋ねた結果、失笑と顰蹙を買い、商談の先行きが怪しくなったという話をよく聞く。血液で占うことは、「あなたは背が高いから大成しますよ」と同レベルであり、根拠のコの字もない。要は背の高低にかかわらず、確率五〇%を当てるだけなら、日本にも六千万人の優れた占い師が誕生してしまう。

風潮が風潮を呼ぶ。血液型同様に区分先を求めて、如何わしい占いが蔓延する。もしそれが、悪徳集金宗教と結びついたらどうなるのか。足の裏から歯の裏占いまで、未開地を対象とすべく魔の手によって侵食されてしまうだろう。

予言や占いは、あくまで余興としての運だめしだ。気晴らしに今日一日を試し、一日の終わりに運勢と比較するのは確かに楽しい。だが血液型のそれは何かが違う。レジャー面の占い記事を、嘲笑うかのように表面に突出している。今度の○○総理は○型だからどうなるとか、彼は○○型だから失敗したとか、置かれている地位が、既に他の占いを席巻しているのだ。就職試験でも個人調書の健康診断面への記入ではなく、性格調査の項目に入っていようとは！「そんなの受けるな」と言いたいところだが、性格調査の項目にはないまでも、大企業の人事担当者の多くが「内心では気にする」と答える品の無さには、絶句しかない。

いっそのこと、首脳会議の席上で各国首脳の紹介の中に血液型を入れ、性格診断でもなさったらいかがだろうか？　首脳始め出席者一同大笑い。プレスは一斉に会議内容を削除してでも大きく打電し、翌朝各国の市民に久々の明るい話題を提供できる。

「オイオイ、日本人もなかなかやるじゃないか、陰険野郎だとばかり思っていたが、とんでもねえジョーク抜かしやがって、見直したぜ」。

都会さ行ぐべー

それはちょっとだけ前の今です。ある田舎町には太郎と花子が住んでいました。

最近、都会から戻ったばかりの幼なじみの一郎君が言いました。

「都会は凄いだよ、水まで売ってるっちゃ」

それを聞いた太郎は思いました。

「そりゃーいいごど聞いただ。おら都会さ行っで、水売っで、うんと儲けるだ」

花子も思いました。

「いいだなー、あだいも都会さ行っで水買いてーだよ」

二人は都会へ出で行きました。望みが叶い、太郎は水を売って儲け、花子は水を買ってたらふく飲みました。

太郎と花子、今度は都会では土が売られているのを知りました。

太郎はびっくり仰天です。

「んらぁ、土まで金んなるだが！　土んごなら沢山有るだ、こりゃー儲げねばなんね」

花子の目も輝いてきました。

「たまげだなー、こりゃー。早速、買って帰んねばなんねーな」

またもや太郎は土を売って大儲け、花子は家庭菜園で忙しい毎日です。

太郎は考えました。

「都会は何でも売れるだよ！　もしがすっと『うわさ』も売れるんではねーべが」

その頃、花子も
「ええなー都会は、金さえ払えば喫っ茶店なんがで、いづでもうわさ話出来るっちゃ」

　ちょっとだげんど月日が経ちました。太郎と花子はどうなったのでしょうか。今、太郎は、和製『ベロ、ゲーツ』(?)としてインターネット社会に君臨しています。
一方の花子も今では、押しも押されぬ井戸端会議の女王様です。

過疎地ビジネスのすすめ

冷え込んだままの消費、小売店は次々と打開策を打ち出すが、特効薬としての効果を生むに至らず、今だに暗いニュースが駆け巡る。

この打開策として不可解な実態、「売場構成を若者向けに変える」という発想である。これが三十年前ならともかく、今の今だ。それも老舗の百貨店がである。社内の方針なのか、優秀な感去る（コンサル）タントの神の声なのか知らないが、何を考えているのか不思議で仕方がない。市場を消費者と購入額でとらえるならば、若年層はもはや死に体であり、風前の燈に霞む霧のようなものである。

年令構成を見ても減少の連続であり、山椒魚用の生け簀をこれから量産するの行為と何ら変わらない。

これは五年毎の世代別の総人口である。

平成十年三月末現在

年齢	人口（千人）
0 ～ 4	5,939
5 ～ 9	6,138
10 ～ 14	7,042
15 ～ 19	7,766
20 ～ 24	9,268
25 ～ 29	9,598

五年単位で見ても、目を覆うばかりの激減である。こうした層を対象とすれば、一人あたりの消費が、毎年驚異的に拡大し続けない限り、商売は成り立たない。即ち超縮小均衡

を余儀なくされるか、短期間で終焉を迎えるかのいずれかだ。

一方、小売業に限ったことではないが、向こう三十年は確実に減らない市場がある。言わずと知れた相反する世界である。上記とは逆に激増し、数十年間に渡り拡大し続ける。

現時点でも〇~四歳と七十~七十四歳の総人口が同じ位であり、五~九歳に至っては六十五~六十九歳のそれよりも遥かに少ない。近い将来、九十、百歳の世代に抜かれても不思議ではない。

介護業界などが、先を見越して様々な事業を手懸けているが、これにも理解に苦しむ事が多い。補助金の対象となる項目はともかく、用具代がとても高い。高齢者だけが使用するのではないにせよ、車椅子一台の値段が十~二十万円もするとは！ ディスカウント店では一万円の部類である。デザインなどの付加価値付きの国産品と低開発国製の違いはあるだろうが、使用者は富欲層ばかりではない。精神的な負担も含めて、貧しい者の方が多い。性能にしても、これといった差異は見当らない様な気がするが、この値段。市場社会は需要が価格を設定するにしても、相手は弱者だ。それでも市場の論理は利益を優先するのか。

最近、高齢者宅を相手にして、「屋根が壊れているから直してあげましょう」と言って接近し、正常な屋根で高みの見物。修理代は数十万円という話を聞いた。介護用品の多くも同類項かと思うとガッカリする。

専門店と量販店では、製品も流通も、そしてまた価格も違うのは当然かも知れない。何れの選択も消費者の自由であり、高価な物が売れるのは結構なことである。しかし、近い将来、誰もが高齢化と体の不自由に悩む宿命の中で、介護用品ぐらいは、全品ディスカウント価格が主流になっても良いのではないかと思う。

そして介護商品に限らず、対象市場の変更である。高齢者は、人口減少に悩む過疎地帯にあっても、増え続ける。過疎地帯は、買いたくても買いに行けない大量の消費者を生む。どんな過疎地でも今はクルマ社会、近郊まで出向けば大型ストアがひしめいている。しかし、高齢者にとっての運転は無理が多い。結局は、家族の休みに同乗するか地元で間に合せるかの何れかだが、地元では、買いたくても加速度的に進んだ店舗の廃業と縮小により、欲しい物が無い。結果として、消費意欲のある大量の消費者がとり残されていく。

商売は消費者の数でしか見ない。それも総量であり、次に若年層である。結局、そこにいる大市場の「お客さま」を完全に見落とす事になる。今や八十歳は年寄ではない。物が有れば消費意欲は旺盛である。村のゲートボールの光景を見れば分かるが、「オイ、そこの若いの」と、八十歳代を呼び捨て、終了後に小型バイクで家路を急ぐ九十代。明日の農作業を心配している百歳の元青年。皆、まだまだ若い。

これからは、団塊の世代が高齢者に仲間入りして行く。長髪で反抗し、エレキギターに熱中して「今の若いもんは」と大顰蹙を買った世代。もし長生きすれば、この世代なくしては如何なる商売も成り立たないだろう。

大都市とその周辺、人口の集積地帯、そしてまた交通の要所に出店するのが最もノーマルな商売とするならば、誰もやらないアブノーマルの世界、「逆行ビジネス」は如何だろうか。『金有り、暇有り、物が無し』の地域は三千余ヵ所存在する。「あんな田舎駄目だよ」と思う所こそ、毎年一〇％以上増え続ける元気な高齢者がいる。年寄の憩いの場になってしまうかも知れないが、それも集客商売のひとつだ。時間をかけてのんびりと買っていただき、夢を提供する。地元にはない物のみ取り扱って、競合は皆無。

ただし・・・価格は〈破格も破壊〉・・・が必要だが。

見られてる

これは貴方自身の物語です。

ギーカタカタ、「キョウアナタノヨムシンブンハコレデス、スミヤカニヨミナサイ」「クルマノイキサキセッテイカンリョウ、アナタノスケジュールハツギノトオリデス」「デハ、シジニシタガッテジカンドオリニコウドウシテキナサイ」

さあ一日の始まり、管理と監視に追われる辛い日課です。家の中ではテレビ、電話、情報機器の逆探知で、こちらの内情は全部筒抜け。この度発売された冷蔵庫にも目が付き、保管品が少なくなると自動的に補充され、個人の選択権など全く有りません。

「自由が欲しい、誰にも監視されない自由が！」監視の目を逃れるように、山村にやって来た貴方。「やれやれ、これで一安心」と思う間もなく、「ネットジョウレイイハンデス、アナタヲコウソクシマス」の追っ手です。宇宙上空に張り巡らされた監視衛星は、地上のミクロ単位まで察知し、人の行動など手（目）に取るように判るのです。

悔しくてたまらない貴方は、オンボロ宇宙船に乗って田舎惑星に行くことにしました。案の定の粗末さ、乗員は貴方だけ。この船の出港は五十年ぶりとのことで、やや不安が有りましたが、なんとか無事に到着。観光もそこそこにして惑星の裏へと急ぎました。

そこは地の果て、見る限りには民家もありません。「惑星の裏なら電波も届かないし、これでのんびりできるぞ」と思ったからです。その時宇宙船から《ビービービー》と緊急信号が！　壊れてしまっては大変、帰るすべが無くなってしまいます。慌てて宇宙船に戻ると、「えーなんで〜！」・「アナタハホウイサレテイマス、スグニキカンシナサイ」のメッセイジが入っているではありませんか。敵も然るもの、電波の届かない場合に備えて、ニュートリノ・ビーム波を使用したのです。

とうとう帰されてしまった貴方、仕方なく元の監視された生活に戻りました。しかし何かが違います。監視の目を逃れて、それなりに巧くやってるじゃないですか〈ニタッ〉。

《なるほど、さすがは貴方》、転んでもただでは起きません。なんと、あの田舎惑星に受信機を設置し、貴方を監視している目を監視しているのです。誰もいない田舎惑星は監視場所には最適で、今では目も収集の対象でしかありません。摘んでも摘んでも出てくる目。それは目ではなく芽のようです。

しばらくすると、保管しきれない沢山の目が集まりました。貴方はその目を全部元の所有者に返すことにしたのです。するとどうでしょう。自分の目に持て余しているところへ、更に大量の目が戻ってくると、もう大混乱です。目と目が目くじらを立てて啀み合い、監視などそっちのけです。結局、監視の目は機能しなくなってしまいました。

でも安心は出来ませんよ。それは『まだ貴方の目が残っている』からです。

情報という名の監視

年々増えるダイレクトメール。不特定多数を対象とするのではなく、的を絞って発送している。恒例のメールに加えて、身に覚えのない不可解なメールの数々。これらの情報はどこから入手しているのだろうか。単なる名簿業者の資料では、絶対に知り得ない今現在の状況を察知しているのだ。独身者へは結婚相談所、既婚者へは趣味雑貨から子供の入園入学案内や学用品の斡旋、塾など、見事なまでにタイムスケジュールをこなしている。

銀行、保険、各クレジットカードなどの登録申請にもいろいろな記載事項があるが、既成の事実のみであり、もしこれらから漏洩したとしても、その後の近況までは分かる筈がない。にも拘らず、常に影のように付け回っている。

また、街の中に溢れる監視カメラの放列。電柱に設置されていれば碍子かトランスと見間違えるが、雀の学校の如く並んで見渡している姿は、決して気分の良いものではない。交通量の監視であれば三方向カメラだけで用は足りると思うのだが、知れば知るほど凄い数だ。恐らく、道路の下に埋設されている設備よろしく管轄別に設置するために、物々しい数になるのだろう。

高速道路の料金所で見かける監視カメラ。不正行為の折はその抑止力にもなるらしく、いまだかつて乗り逃げ行為を見た事がない。路上の速度監視も趣旨は同じだろうが、こちらの方はどこ吹く風、殆どの車が「知らぬが仏」と走り抜ける。

監視カメラの目的が、不正の監視と抑止だけかといえば、そうでもない。過日、失踪者の捜査に監視カメラが大活躍して、無事発見されたという記事があった。それも田舎町で。見方を変えれば、我々の日常活動の監視など、いとも簡単ということになる。

カメラだけではない。今の時代にとっては、カメラなどレトロ調の代名詞かもしれない。情報通信機器の発達は、簡単に欲しい情報を入手出来るだけでなく、こちらの情報も筒抜けになる。経歴や趣味趣向、そして近況ぐらいなら未だしも、他人に知られたくないプライバシーまで公開される可能性があるのだ。いくら「プライバシーは守られる」と保証されたところで、ハッカーがペンタゴンにまで侵入し、機密事項を盗みだしている事実は、不安を増幅する以外のなにものでもない。

情報を欲してる者がいる限り、情報提供を生業とする者が現われる。コンピューター社会は、これまで取得不可能と思われた情報までも取得を可能にする。小人がいとも簡単にハッカー行為をする時代、その気になれば「取れない情報等ないのでは」と思ってしまう。ハッカー対策と称して、より高度なシステムが出来上がると、それを破るべく知能犯が現われる。犯罪者とは常に追われる立場のはずだが、コンピューター犯罪に限っては高度化するシステムの追い手であり、いつの世も追う側が有利だ。しかも「愉快(犯)な仲間」は非常に手強い。

以前に、国民背番号制で物議を醸したことがあった。当時はまさかと思ったものだが、もしかすると既に確立されているのかもしれない。何故ならば、民間の調査機関が国民の奥深くに入り込み、相当の個人情報を入手している実態は背番号そのものであり、管理上の番号化に否定の余地はない。その情報たるや想像を絶する量だろうし、そして漏洩する。知らず知らずに情報が駆け巡り、また情報を生む。その中には「当人に関して当人ですら知らない」情報までも。近い将来「自分に関して自分よりも詳しい自分」が現われ、己れの記憶まで有償になってしまう! 「あー情けない」

本君の冒険

「さあ、本でも読もうか」とページを捲ろうとしても、この頃の『本君』なかなか言うことを聞いてくれません。どうも反抗期のようです。

やっとのことで二、三ページを読むとページを閉じてしまいます。何とかおだてても数ページでまた「おかんむり」状態。一体何が気に入らないのでしょうか。

大好きなしおりの御馳走を食べさせると、しばらくはご機嫌なのですが、直ぐに飽きてしまって、又かたくなに閉じてしまいます。これではとても最後まで読み切れません。

「妙案はないか」と、いろいろ考えた末に「そうだ、テレビを見せよう」ということになりました。

作戦は大成功です。『本君』はテレビに釘づけ。自由自在に本が読めるようになりました。しかし、もう一歩で読み終えるところで「残念無念」、テレビ疲れの『本君』、眠ってしまったのです。

「あーあ、弱ったなー、もう少しなのに」結末の「おあずけ」ほど心残りなことはありません。

「最後まで読みたい、何か良い手立てはないだろうか」と思案をめぐらしました。

「うーん、あれもダメこれもダメ、そうだ！これでいこう」こうして『本君』はCD—ROMに閉じこめられることになったのです。

最初のうちはCD—ROMの中でじっとしていましたが、なにせ落ち着きのない『本君』のこと。今ではネットに乗って各家庭を訪問し、自由気ままな「おじゃまむし君」として人気者です。

時の流れ

数年前までの駐車場難。どこもかしこも満車で、月極め駐車場の料金はうなぎのぼり。数か月待ってやっと入れたと思えば、一ヵ月五～六万円の家賃をも凌ぐ二坪の世界。それが今ではどうだ。「空車」表示が溢れ、月極めはガラ空き。百円パーキングでさえ駐車に困ることはない。自動車の売れ行きは「二十年前と同じ」といわれるように不振を極めているが、あくまで買い控えであって普及率の低下はそれほどでもない。にも拘らずガラガラの駐車場、一体、あの車は何処へ消えてしまったのだろうか。

本離れ、映画離れもそうだ。昨今の書店林立は、不況下の読書復活かと思わせるが、実際は活字離れによって業績はあまり芳しくないらしい。活字離れが映画に向かうかといえばそうでもない。シネコンの普及と数少ない大作、名作によって底割れを脱し、僅かながら上向いては来ているが、一時の興隆からみると淋しい限りだ。主因として、ビデオの影響を指摘する者も多いが、他国では、ビデオと共存しながら最盛期を保っている。恐らく、観客動員数で八割も九割も落としたのは日本だけではなかろうか。

レジャーの多様化、分散化。選択肢が広がり、好きなものをいつでも自由に手に入れられるが、特性としての横並び志向。「人と同じことをしなければ話題に乗り遅れる」とばかりに「いつも一緒」の行動パターン。流行には敏感だが、個性には全く無頓着な人種の増加。これらが、素晴らしい本当の世界を追いやってしまう。

CDの普及か感性の変化か、ミリオンセラーの相次ぐ音楽業界。夢の百万枚がいとも簡単に達成され、一千万枚の誕生すら予感させる今日。驚くことに、これらを支える消費者はあの少数民族、少子化世代だ。トップミュージシャンの歌唱力、訴求性は認めよう。しかし、そこにあるのは横並びであって、趣味趣向を全うする本来の姿ではない。

自分が何をしたいかではなく、他人が何をするかによって変わってくる価値観。人が美しく感じるものは自分も美しく思い、人が楽しいことは自分も楽しいと感じる。これを協調性とするならば満点である。だが、何か淋しい。自分の意志で没頭するものを探せない現実に、今の社会を垣間見る事ができる。

多様化も一極集中するのか、と思えるほどの偏りとねじれ。これでは世に誇れる伝統、文化まで失われてしまう。

伝統文化とは意味が違うが、スポーツの卓球。卓球はしたいけれど「暗いから恥ずかしい」「ダサイからいや」などと、とんでもない視点で見られて、お家芸が衰退していった経緯。暗いとかダサイとか誰が決めたのだろうか？　大観衆を集める中国や、欧州の華やかな大会を見る限り、暗さの微塵もない。そして今、協会の必死の努力、カラフルなファッション性とコマーシャル効果による回帰現象。これもまた横並び族の象徴のひとつである。

〈流れを戻す〉！　一度出来てしまった流れを戻す作業は非常に難しい。去ってしまった心ほど戻りにくいものはない。しかし実態は、離合集散を繰り返すどこかの世界と同じで求心力を持たない。言い換えれば『物』さえ有れば戻ることを意味し、その価値をどこに見い出すかだ。それには「言葉でしか表現できない物」「映像でしか表現できない物」を全面に出して訴えるしかない。人は心。心で感じる物には寄り添ってくる。ＩＴの鮮魚も取り立ては美味だが、食べ過ぎれば飽きる。本能は美しい物を「読む」「見る」事だ。

日本音楽著作権協会（出）許諾第〇〇一五四一七—〇〇一号

みじかーい　大人も童話

2001年2月15日　初版第1刷発行

著　者　相羽笑生
発行者　瓜谷綱延
発行所　株式会社 文芸社
〒112-0004　東京都文京区後楽2-23-12
電話　03-3814-1177（代表）
03-3814-2455（営業）
振替　00190-8-728265
印刷所　株式会社 平河工業社

乱丁・落丁本はお取り替えいたします。

ISBN 4-8355-1345-2 C0095